新典社校注叢書12

校注 颪に紅葉

大倉比呂志
鈴木泰恵
編

新典社

凡例

一　本書は大学院、大学などの演習用テキストとして編んだものである。
一　底本は宮内庁書陵部蔵の桂宮本を使用した。
一　本文には、濁点、句読点を付し、会話、引用には「　」（会話内の会話・引用には『　』）を施し、仮名遣いは、歴史的仮名遣いによった。
一　適宜、底本の仮名を漢字に、漢字を仮名に改め、漢字には必要に応じて、振り仮名を施し、また送り仮名を補った。
・「承香殿」のようにいくつかの読み方が想定されるものは、底本の仮名書きに従い振り仮名を施した。
・M音・N音（「む」と「ん」、「らむ」と「らん」等々）は底本のままとした。ただし、「艶」など、底本の仮名書きが「えん」「えむ」を混在させている場合の振り仮名に限っては、「えん」のように統一を施した。
一　作中人物の詠んだ和歌の上に通し番号を付しておいた（例、①いろいろの……）。
一　学習者の参考に資するため、巻末に参考文献目録を掲載した。

一　いちいち言及していないが、先行の翻刻・注釈・現代語訳・研究（参考文献目録に示した）に多大な学恩を蒙った。

一　底本の使用を許可してくださった宮内庁書陵部に深く感謝いたします。

目　次

巻二

巻一

一　序文

*風に紅葉の散る時は、さらでもものがなしきならひと言ひ置けるを、まいて*老いの涙の袖の時雨《しぐれ》は晴れ間なく、苔《こけ》の下の出で立ちよりほかは、何の営みあるまじき身に、せめての*輪廻《りんゑ》の業《ごふ》にや、昔見聞きしこと、人の語りしこと、そぞろに思ひ続けられて、問はず語りせまほしき心のみぞ出で来る。その中に、なべて物語などに言ひ続けたる人には変はりて、艶《えん》にいみじうもあらず、*波の騒ぎに風静かならぬ世のことわりを思ひ知るかとすれど、それも立ち返りがちによろづにつけて心得ぬ人の上をぞ案じ出だしたる。あまり聞き所なきは、昔にはあらぬなんめり。

二　男主人公の家系

関白左大臣にて、盛りの花などのやうなる人おはす。北の方は古き大臣の御

*風に紅葉の散る時は―「神無月風に紅葉の散る時はそこはかとなくものぞかなしき」（新古今集・冬・五五二・藤原高光）に拠る。
*老いの涙―「神無月降りそふ袖の時雨かなさらでももろき老いの涙に」（続拾遺集・雑秋・六三四・静仁法親王）に拠る。
*輪廻―連声で「りんね」と読む。
*波の騒ぎに―「知りにけむ聞きても厭へ世の中は波の騒ぎに風ぞしくめる」（古今集・雑下・九六四・布留今道）に拠る。

＊初元結の御契り──「いときなき初元結に長き世を契る心は結び込めつや」（源氏物語・桐壺巻）。

＊もとの上──最初の北の方。

女《むすめ》、＊初元結《はつもとゆひ》の御契《ちぎ》り浅からで住みわたり給ひし御腹に、いつしか若君出で来給ひて、世になうかしづかれ給ひしほどに、八年《やとせ》ばかりやありけん、今の帝の一つ后腹、女一宮《おんないちのみや》とて、九重《ここのへ》の内に雲居深くいつかれ給ひし姫宮を、いかにたばかり給ひけるにか、盗みきこえ給ひて、世の騒ぎなりしかど、あらはれ出でてもいかがはせんに、御許しありしかば、御心ざし際《きは》もなくもていたつききこえ給ふめる御腹に、若君、姫君また出で来給へるいつかしさ、げにこの世のものならず、光を放つと言ふばかりものし給ふを、朝夕この御かしづきよりほかのことなし。

さるままには、＊もとの上の御方をさをさまれになりゆく。三条わたりに住み給ひしかど、今少し東《ひんがし》に寄りて、京極わたりに玉鏡と磨《みが》きて、宮の上と住みつき給へるほど遠からねば、車の音、前駆《さき》の声も、さながら移りて聞こゆる、いかが御胸安からむ。されど、若君元服《ぶく》し給ひて、三位中将と聞こえし、十四にて権中納言になり給ひし、次の年の春の末つ方、にはかに亡《う》せ給ひにしかば、あさまし心憂しともなのめならずかし。さらでもものをのみ思ひ弱り給へる母上は、まして嘆きに耐へぬあまりにや、ほどなく競《きほ》ひ隠れ給ひにき。大臣《おとど》もさは言へど、あはれに心憂く思し嘆きしかど、まさる方のいたはしさにや、御言《こと》の葉にかけ給ふことだにまれにまれになりゆく。あはれなるならひなりかし。

三　男主人公の元服と女一宮（一品宮）との結婚

年月隔たりて、この若君、十三にて元服し給ふ。やがてその夜、正二位の加階*賜りて、中将と聞こゆ。御容貌《かたち》こそあらめ、心ばせ世にありがたう、才《ざえ》の賢さ、詩賦《ふ》、管絃をはじめ、*紀伝、*明経《みやうぎやう》、*日記《にき》の方《はう》、すべて暗きことなく、今より朝廷《おほやけ》の御後見《うしろみ》し給はんに飽かぬことなし。帝もめでさせ給ひて、「父大臣《おとど》の雲居を分けて、この母宮ゆゑ、世の騒ぎなりしもむつかし。これをば我と召し寄せむ」とて、元服の次の年、中納言にて右近の大将かけさせ給ひて、春宮の一つ后腹の一品宮《いつぽんのみや》の御具になり給ふほどの儀式、世の常ならんや。后《きさい》の宮は弘徽殿《こうきでん》におはしますに、姫宮を貞観殿《ぢやうぐわんでん》に移しきこえ給ひてぞ召し寄せられ給ふ。宮は一年《ひととせ》が御兄《このかみ》なり。さこそはあらめど、気《け》高うなまめかしうたをたをとうつくしう、心ざしも世の常ならず。父大臣《おとど》は母后の御同胞《はらから》、母宮は父帝

*賜りて―底本は「給て」とあるが、意味上「給はりて」と解し「賜りて」とした。
*紀伝―大学寮の学科の一つで、史記、漢書などの史書を学ぶもの。
*明経―経《けい》書（儒教の基本聖典）を学んで明らかにすること。
*日記の方―有職故実の方面。

の御同胞《はらから》なれば、いづ方も作り合はせたらんことのやうなり。

四　男主人公の姉妹である姫君と春宮との結婚

春宮は姫宮に一年《ひととせ》が御弟*なるに、また殿の姫君、その年の四月に参り給ふ。御局、宣耀殿《せんえうでん》なり。御仲らひまたおろかならんや。御元服《ぶく》の頃より候《さぶら》ひ給ふ殿の御兄《このかみ》の太政大臣《おほきおとど》の御女《むすめ》、麗景殿《れいけいでん》と聞こゆる、ことに御覚えおろかなるに、これは我ながらけしからぬまでの御心ざしなり。上の中宮を思ひきこえさせ給へるに、限りあれば、いかにとかはまさるべきならぬを、上は隈《くま》なうおはしまして、*采女《うねべ》が際《きは》までも、容貌《かたち》をかしきをば御覧じ過ぐさず。御方々《かたがた》もあまた候ひ給ふを、いづれも御情ありてもてなさせ給ひて、その上に后宮の御心ざしは類《たぐひ》なければこそ、ものの映《は》えにてもめでたきを、これは御心をも散らさず、なほなほ参り給ふべき人々おはすれど、御あひしらひだになければ、みな思しも立たず。

*弟―底本は「をとゝうと」とあるが、「ゝ」を衍字と考えて、「をとうと」とする。

*采女―宮中で炊事、食事などを任務とした女官。大化以前は地方の豪族の子女から選んだが、令制では郡司の子女で容姿端麗な者を選んだ。「うねめ」ともいう。

五　男主人公の北の方一品宮の懐妊

一品宮《いっぽんのみや》、夏頃よりいつしか契《ちぎ》り浅からぬ御心地に悩ませ給へば、殿の内磨《みが》きしつらひて出だしきこえ給ふ。大将も嬉しく思したり。かくすぐれぬる人は、必ず心尽くしをもととしてこそ、艶《えん》にあはれに面白うもあるを、さこそあれ、さやうの乱れも御心の底よりなし。何かはさしもあだなる世に、あながち心尽くしなることもあるべき。さるべきにまかなひおかれたる女宮の御さまの、何事こそ飽かずとおぼゆることもなし。さればとて春宮の御仲らひのやうは、けしからぬまではあらず。大方、何事にも静まりたる御心癖にて、限りなうあはれに、おろかならずは思ひきこえ給へり。さこそあれ、夜《よ》をも隔て側《そば》めたる御*ことのまじらぬぞ、あらまほしう、念なきとも言ひつべき。

*御こと—底本は「事」とするが、前後の文脈から考えて、「御事＝御こと」とする。

六　男主人公を思慕する女たち

さるは、少しも立ち出で給ふ度《たび》には、御方々《かたがた》の戸口も安からず、御袖の褄、御下襲《したがさね》の裾《しり》をひかへつつ、*鶯の音《ね》に鳴きつべきとかこち、*宿にふすぶる蚊遣《かやり》火《び》の下燃えを愁《うれ》へ、*尾花にまじり咲く花の色にや恋ひんと嘆き、*降る白雪の下消えて消え返りつつ、時・折節につけては*安き空なきを、恐ろしうさへおぼえ給ひて、限々《くまぐま》しき方をば通らじ、とさへぞし給ふ。御《み》随身などには、色々の色《しき》紙《し》、薄様、大きに小さく、一度《いちど》の御歩《あり》きには一づかみづつ参らするを、さすがにほほ笑《ゑ》みて、女宮とぞ御覧ずる。おのづからさにやと知らるる節もまじるらめど、大方、さる岩木に身をなしてぞ過ぐし給ふ。

*石清水の臨時の祭に、参《ま》う上《のぼ》り給へる御方々の御心の中にも、面々《めんめん》に、*霞の内の桜花とのみぞ見やりて惜しまれ給ふ。*還立《かへりだち》、夜に入りてあるに、過ぎ給ふ御簾の内より御袖をひかへて、いささかなるものを御手に入るるを、さすが、落とさじ、とひき側《そば》めて見給へば、

①いろいろのかざしの花も何ならず君が匂ひにうつる心は

片仮名《かたかんな》にならべてならぬ書き様《ざま》なり。

*鶯の音に鳴きつべき―「我が園の梅のほつえに鶯の音に鳴きぬべき恋もするかな」（古今集・恋一・四九八・よみ人知らず）に拠る。

*宿にふすぶる蚊遣火の―「夏なれば宿にふすぶる蚊遣火のいつまで我が身下燃えをせむ」（古今集・恋一・五〇〇・よみ人知らず）に拠る。

*尾花にまじり咲く花の色にや恋ひん―「秋の野の尾花にまじり咲く花の色にや恋ひむ逢ふよしをなみ」（古今集・恋一・四九七・よみ人知らず）に拠る。

*降る白雪の下消えて―「かきくらし降る白雪の下消えに消えてもの思ふ頃にもあるかな」（古今集・恋二・五六六・壬生忠岑）に拠る。

*安き空なきを―「雨やまぬ山のあま雲たちゐにも安き空なく君をこそ思へ」（玉葉集・恋一・一三三二・紀貫之）に拠る。

*石清水の臨時の祭―毎年三月、中の午《うま》の日に行われる。

七　一品宮、姫君を出産

その頃ぞ、一品宮《いっぽんのみや》はいと平らかに女にてぞ産まれ給へる。御産屋《うぶや》の儀式、皇子《みこ》たちに劣らず、さばかりの御仲らひどもにもてなし給はん、おろかならんやは。内裏《うち》よりの御*産養《うぶやしなひ》、御文の歌など、常のことに珍しからねば、書き写すもうるさし。帝、后いつしかゆかしがりきこえ給へば、御五十日《いか》は内裏にて聞こし召すべきが、*五月《さつき》にて忌《い》めばとて、七月ついたちにぞ参らせ給ふ。母宮も具しきこえ給ひて、しばしおはしませば、例の立ち去る方なくて候《さぶら》ひ給ふ男君の御さま目安し。

八　乞功奠、宮中での管絃の遊び

七月七日、*乞功奠《きかうでん》のやう面白きに、七夕つめに貸さるる御琴《こと》をまづ調べわたさるるに、帝、御笛吹き鳴らさせ給ひて、姫宮に琴《きん》の御琴《こと》勧めきこえさせ給ふ。

＊霞の内の桜花―「匂ふらむ霞のうちの桜花思ひやりても惜しき春かな」（新古今集・恋一・一〇一六・清原元輔）に拠る。

＊還立―祭の翌日、祭に派遣された使いの一行が宮中に戻った折、行われる賜宴。

＊産養―子供が生まれて、三日・五日・七日・九日の夜に行われる祝い。

＊五月にて忌めばとて―祝い事は一月・五月・九月を避けるのが当時の風習だったらしい。

＊乞功奠―陰暦七月七日の夜に行われる牽牛・織女を祭る儀式。

中宮、御琵琶。春宮渡らせ給へれば、御笛をば奉らせ給ひて、「＊三枝《さきくさ》」など唱《うた》はせ給ふ御声めでたし。大将の君、簀子《すのこ》に候《さぶら》ひ給ふ用意、有様、色濃き御直衣《なほし》に、女郎花《をみなへし》の生絹《すずし》、紅の単衣《ひとへ》、紫苑《しをん》色の指貫《さしぬき》、月の光をまばゆげにもてなし給へる景気《けいき》など、いかにせん、とゆゑよしをもてなし給はねど、そぞろに身にしみ返り、見る人苦しき御さまなり。＊あづまをぞ賜り給ふ。更《ふ》けゆくままに、御琴《こと》の音《ね》ども空に澄み昇《のぼ》りて、面白しともなのめなり。上、

②今宵逢ふ七夕つめの睦言《むつごと》に声うち添へよ＊峰の松風

春宮、

③雲居より声うち添ふる睦言に七夕つめも心ゆくらん

大将、

④＊雲居なる半ばの月に彦星もいとど心や澄みまさるらむ

九　宣耀殿女御、懐妊

六月《みなづき》の頃より、また宣耀殿《せんえうでん》、珍しきさまの御心地なり。八月、三月《みつき》にて出で

＊三枝—「この殿は　むべも　むべも富みけり　三枝の　あはれ　三枝の　はれ／三枝の　三つば四つばの中に　殿づくりせや　殿づくりせや」（催馬楽・呂・この殿）。

＊あづま—東琴、和琴。

＊峰の松風—「琴の音に峰の松風通ふらしいづれの緒より調べそめけん」（拾遺集・雑上・四五一・斎宮女御）に拠る。

＊「雲居なる」の歌—「半ばの月」に半月と琵琶の部位の異称とを掛ける。

させ給ふを、春宮はいかにして耐へ忍ぶべしとも思されず。御消息《せうそこ》のひまなく、かひがひしき御仲らひを、父大臣《おとど》などもおろかに思されんやは。

一〇　男主人公に対する太政大臣の梅見の宴への招待と北の方との関係

年も返りぬ。二月《きさらぎ》の空うららかなる頃、太政大臣《おほきおとど》の御前の紅梅盛りなるを、大将の御もとへ、えならぬ枝を折りて、

⑤「我が宿の籬《まがき》の中の梅《むめ》の花色も匂ひも誰か分くべき

ただ今の夕べの空は、げに*あやなく人の、とおぼえはべるをば、情け捨てず立ち寄らせ給へ」とあるを、例の常はまとはし給ふらん、とをかしくて、大臣《おとど》に聞こえ給ひて、渡り給はんとす。

⑥思ひ分く心の色は知らねどもよそに休まん梅《むめ》の立ち枝《え》を

暮れかかるほどにおはしたれば、ただ今の花の軒近き妻戸の内へ入れきこえ給ふ。女房二、三人居たる奥の方に、紫の匂ひあまたに、紅の単衣《ひとへ》、裏山吹の小袿《こうちき》着たる人の、二十六、七にやと見ゆるが、艶《えん》に優《いう》なるもてなしなるぞ、側《そば》

＊あやなく人の―「梅の花匂ふあたりの夕暮れはあやなく人にあやまたれつつ」（後拾遺集・春上・五一・大中臣能宣）に拠る。

みて居たる傍《かたはら》に、紅梅上なる梅襲《むめがさね》の衣《きぬ》どもに、萌黄《もよぎ》の小袿《こうちき》着て、いと小さき人の、何心なくうちあふ退《の》きたる顔つき、見まほしく愛敬《あいぎやう》づきたるぞ、やがて、この腹の姫君にや、とおぼゆる、思ひもあへぬ心地して、畏《かしこ》まりたるさまにて、端つ方に居給へば、大臣《おとど》、「翁、むげに近づきたる心地しはべるに、この人のむつかしきほだしにおぼえはべる。ものめかさばこそ世の聞こえも便《びん》なうはべるらめ、ただ候《さぶら》ふ人の列《つら》にて育《はぐく》ませ給ひなんや」と聞こえ給へば「思ひも寄りはべらざりつる仰せ、畏まり入りて」とて、うち見やりきこえ給へる匂ひ、有様に、魂もやがて消え惑ふばかり、現《うつ》し心もなくぞ上はおぼえ給ふ。

　しばしありて、童のをかしげなる、紅梅の袙《あこめ》に、葡萄《えび》染めの表《うへ》の袴、柳の汗衫《かざみ》着たる二人、*沈《ぢん》の折敷《をしき》に、瑠璃《るり》の盃《さかづき》据ゑて、銚子《てうし》持ちたり。今一人は、箱の蓋《ふた》に紅の薄様敷きて、*こゆるぎのいそがはしき肴《さかな》持《も》たり。「御賄《まかな》ひを宮仕ひ初めにも、それや」と、大臣《おとど》の上に聞こえ給へば、居ざり寄りて、銚子取りて奉り給へば、大将居直りて、色許《ゆ》りて見ゆる女房を、「こちや。いかが、さることは」とのたまへど、なほ押さへて奉り給ふを、「さらば、また」とて

*沈―熱帯地方で産した香木の名で、木質が重く、水に沈む。

*こゆるぎのいそがはしき―「玉垂れの　小瓶を中に据ゑて　主はもや　魚求《ま》きに　魚取りに　こゆるぎの　磯の若布《わかめ》　刈り上げに」（風俗歌・玉垂れ）。「こゆるぎ」は相模国の歌枕。「こゆるぎのいそ（磯）」と「いそ（急）がはしき」とが掛けられている。

受け給ふほどの御気色《けしき》、ただ死ぬばかりぞおぼえ給ふ。大臣《おとど》の盃取り給ふ折、うち置き給へば、大納言の君と呼ばるるぞ奉る。大臣《おとど》は例の我しもとく酔ひ給ふ癖にて、「むげに無礼《むらい》にはべり」とて入り給ひぬれば、女の御気色近くてはいとど愛敬《あいぎやう》づき、をかしげにおはするに、酔ひ少し進みぬるまめ人の御心もいかがありけん。夕月夜の影はなやかにさし入りて、梅《むめ》の匂ひもかごとがましきに、姫君の御新枕にはあらで、あやしの乱りがはしさや。あさはかにとりあへざりける御契《ちぎ》りかな。すべてこの物語の癖ぞかし。「作りける人の心の際《きは》も推《お》し量《はか》られて、ものしうおぼえはべるや」と、書き写す人の言ひける。

ただ行きずりにだに鎮《しづ》めもあへず、けしからぬならひの御人様《ひとざま》をまして推《お》し量《はか》るべし。男も、まだ知らずをかしう思されて、浅からざりける契りのほどを語らひ給ふにも、左衛門督《さゑもんのかみ》をよそならず聞きしことを思し出でられて、

⑦「*よそにのみ聞きこしものを松山のなみ越す末を我や恨みむ

ことわりなくや」と聞こえ給ふに、いとど心憂く、言《こと》の葉なくおぼえ給ふ。

⑧今よりは君をのみこそ松山に心を分けて波や越ゆべき

御心とまらずしもなく、ならはずをかしうおぼえ給へど、人目もむつかしうて、

*「よそにのみ」の歌―「君をおきてあだし心を我が持たば末の松山波も越えなむ」（古今集・東歌・一〇九三・よみ人知らず）に拠る。

暁も待たずぞ起き別れ給ひぬる。

一一　男主人公、一品宮に昨夜のことを報告、北の方との度重なる密会

女宮の御さまのことわりにも過ぎておほどかに、ただもてなしきこえ給ふままに、うち靡《なび》きておはしますぞ、まめやかに年月の積もるにつけては、あはれのみ深うおぼえ給ふ。一節《ひとふし》の隔てもあらじとにや、今宵《こよひ》のことも語りきこえ給ふに、うちあひしらはせ給ひたるなども、さるは言ふかひなからず、心恥づかしげにもおはします。かしこへの御文、

⑨忘れめや梅《むめ》が枝《え》匂ふ宵《よひ》の間の明くるを待たぬうたた寝の夢

大臣《おとど》にも嬉しかりし御もてなしのやう、行く末の御後見《うしろみ》おろかなるまじきよしなど聞こえ給へる御返り、そぞろに喜びきこえ給へるもをかし。片つ方には、

⑩*うたた寝の夢に心は消え果てて今も現《うつつ》と思ひ分かれず

その後《のち》はうたた寝の夢のみ度《たび》重なれば、いとどかたみにおろかならぬ御心ざしのみぞまさるべかんめるほど、大納言などやうやう気色《けしき》見給ふべかむめり。

*「うたた寝の」の歌―状況的には『伊勢物語』六十九段が下敷きになっていると考えられよう。

左衛門督《さゑもんのかみ》、忍ぶる片つ方のやうも心得られ給ひて、その後はとにかくにつれなき御気色も恨めしけれど、たとしへなき人の御さまには、ことわりに言ふかひあらじ、と静かにあらまほしき本性にて、思ひ忍び給ひけり。

一二　梅壺女御の男主人公への恋慕

かの「かざしの花」*言ひかけ給ひしは、この人々の御妹、梅壺《むめつぼ》の女御なりけり。このほどかく渡り給ふよし聞き給ふに、心も心ならず、急ぎ出で給ひてけり。殿の内のやう癖々しからず、あまりなるまで直面《ひたおもて》にて、継母の上ともいつとなう一つにのみ戯《たはぶ》れきこえ給ふほどに、姫君譲りきこえ給ふことのやうも語りきこえ給へば、かたみに言はまほしき人の上はうちも置かれず、去年《こぞ》の臨時の祭の還立《かへりだち》に、かかることなんしたりし心惑ひなども語りきこえ給ふ。

一三　男主人公、梅壺女御たちを垣間見

＊「かざしの花」―巻一・六節の①の歌。

麗景殿《れいけいでん》も*出で給ひ、折節集《をりふしつど》ひ給へれば、三月《やよひ》のついたちを過ぎたるほど、花は風に散り紛《まが》ひて、夕月夜の影をかしきに、御琴《こと》ども弾《ひ》き合はせて遊び給ふ折《をり》節《ふし》、大将、内裏《うち》よりまかで給ひけるままに、例の立ち寄り給へるに、かかれば、ものの音《ね》する方の唐垣《からかき》のあはひより見給へば、柳の衣《きぬ》に葡萄《えび》染めの小袿《こうちき》着たる人は、*端を後ろなる髪のかかり、後ろ手、優《いう》なるもてなし、気配、上なんめり。あづまをぞ弾き給ふ。みな廂の御座《おまし》なり。奥の方に、樺桜《かばざくら》にや夜目《よめ》にはけぢめ見えぬ衣《きぬ》どもに、紅《くれなゐ》の単衣《ひとへ》、山吹の小袿着て、琵琶弾き給ふは、梅壺《むめつぼ》なんめり。まみおしのべ、中盛《なかも》りにて、唐絵《からゑ》に描《か》きたる女の団扇《うちは》持ちたるにぞ似給へるもてなし、気配は、疎《お》れ返り若びて見え給ふぞ、見る目には違《たが》ひて受けられぬ。また傍《かたは》らに、箏《しやう》の琴《こと》、その色となきまでかき重ね、わららかに弾きなして、いとふくらかに鼻ひき入りたる心地して、山吹の匂ひに桜の小袿着給へるは、麗景殿なるべし。*今ぞ盛りと心地よげなるもむつかしく、我が同胞《はらから》の女御と御覧じ比ぶらん。春宮の御覚えもことわりことわり、とおぼえ給ふ。

小姫君、桜萌黄《もよぎ》にや濃き単衣、花山吹の小袿着て、これも琵琶をぞ弾き給ふ。ことのほか姉君たちにはまさりて、匂ひうつくしげなり。左衛門督《さゑもんのかみ》、簀子《すのこ》に

*出で給ひ、折節――「出で給ふ折節」とする考えもある。

*端――「階」と考える説もある。

*今ぞ盛り――「尋ねつる我をや春も待ちつらん今ぞ盛りに匂ひましける」（金葉集・春・三〇・鳥羽院）に拠る。

候《さぶら》ふ。うち嘆きたる気色《けしき》にて笛は吹きやみて、「竹河の橋の詰《つめ》なる*」と唱《うた》ひすさみて、「思ひやみぬる*」など独りごちて出でぬるに、この唐垣《からかき》をやをら開《あ》けて歩《あゆ》み出で給へる火影《ほかげ》、追風よりはじめ、紛《まが》ふべき御さまならで、のどやかに高欄のもとに寄り居給ふに、覚えなうあさましうて、御簾《みす》をば下《お》ろしつ。梅壺《むめつぼ》の御方の中納言の君、御褥《しとね》をさし出でたれど、ただそこもとに居給ひて、「大臣《おとど》のよろづ内外《ないげ》なき御もてなしに、いづれの御方にも思し隔てられはべらじ、と心をやりてなん」と聞こえ給へば、中納言の君ぞ御答《こた》へは聞こゆる。移る心に忍びかね給へる御心地、言ひ知らず。

*「竹河の橋の詰なる」―「竹河の橋の詰なるや　橋の詰なるや　花園に　はれ／花園に　我をば放てや　少女《めざし》たぐへて」(催馬楽・呂・竹河)。

*「思ひやみぬる」―「このめはる春の山田をうち返し思ひやみにし人ぞ恋しき」(後撰集・恋一・五四四・よみ人知らず)、「梓弓春のあら田をうち返し思ひやみにし人ぞ恋しき」(拾遺集・恋三・八一二・よみ人知らず)に拠る。

一四　男主人公と梅壺女御との歌の贈答

よきほどにて出で給ふやうなれど、例の忍びの御通ひはありけんかし。上は、女御の御気色も語りきこえ給ひつつ、「かざしの花*」のことも聞こえ給ふに、「御みづからにはあらじ」など直し給へる御気色、いと心恥づかし。御面影《おもかげ》もあながちならず、ことのやうも人にこそよれ、と思せど、「かざしの花」もさ

*「かざしの花」―巻一・六節の①の歌。

すがにて、
⑪春ごとにかざしの花は匂へども移る心は色や変はらむ
と書きて、伝へさせきこえ給へば、心も空にていまだ寝給はざりけるに、よろしう待ち見給はんや。
⑫「*年を経て心の色は染めませど色に出でねばかひなかりけり
*繁さまされど」なんどやありけん。

一五　宣耀殿女御、皇子出産

十日余りのほどにぞ、春宮の女御、いと平らかにて男皇子《みこ》にて生まれ給へる。いつしか行啓あるを、待ちつけたてまつり給ふ殿の内の儀式、言ふもおろかなり。若宮を殿抱《いだ》ききこえ給ひて、さし寄せきこえ給へれば、異事《ことごと》なくまもりきこえさせ給ひて、ほほ笑《ゑ》ませ給ふものから、御涙の浮きぬるを、大将は*御佩刀《みはかし》持ちて候《さぶら》ひ給ふが、老い人のやうに、とをかしく見きこえ給ふ。女御の御有様言へばえなり。心苦しさまさりて、立ち離れがたき御心地なれど、今は過ぐ

*「年を経て」の歌―「人知れぬ思ひは深く染むれども色に出でねばかひなかりけり」（続千載集・恋一・一〇五〇・前大納言兼宗）に拠る。

*繁さまされど―「我が恋は深山《みやま》がくれの草なれや繁さまされど知る人のなき」（古今集・恋二・五六〇・小野美材）に拠る。

*御佩刀―皇子誕生が帝に伝奏されると、祝いの剣が帝から贈られるのが通例。

る日数を数《かぞ》へつつぞ帰らせ給ひにける。

一六　登華殿女御のこと

登華殿《とうくわでん》とて候ひ給ふも、この太政大臣《おほきおとど》の御孫《むまご》なり。権大納言の姫君なるを、なべては麗景殿《れいけいでん》候ひ給へば、参り給ふべきならぬを、ものに憚《はばか》らぬ御癖にて参らせきこえ給へる。叔母《をば》女御の御覚えにはまさりたり。

一七　男主人公と梅壺女御との密会

さても梅壺《むめつぼ》は、御心も空に便《たよ》りをのみ待ち給ふに、*花の形見恋しきゆかりの色の藤波咲きかかりて、艶《えん》なる夕べのほど、ほのめき給へり。例のうたた寝のいくほどならぬ宵《よひ》の間は、飽かずなかなかなれど、*人の思ひこそと言ふこともあれば、これゆゑつくづくと御里居のやうも聞こえ、勧め給ふに、「あながちならぬことゆゑ、空恐ろしう」とやすらひ給へど、紛《まぎ》らはして導ききこえ給へ

*花の形見―「花散りて形見恋しき我が宿にゆかりの色の池の藤波」（新勅撰集・春下・一三〇・入道二品親王道助）に拠る。

*人の思ひ―「深けれど千尋《ちひろ》の海はほど知りぬ人の思ひは棹《さを》も及ばず」（続古今集・雑下・一八四九・壬生忠岑）に拠る。

＊『かざしの花』―巻一・六節の①の歌。

＊うたた寝の迷ひ―「はかなしや枕定めぬうたた寝にほのかに迷ふ夢の通ひ路」（千載集・恋一・六七七・式子内親王）に拠る。

＊「有明の」の歌―「有明のつれなく見えし別れより暁ばかり憂きものはなし」（古今集・恋三・六二五・壬生忠岑）に拠る。

＊「天の門渡る月影に」―「小夜更けて天の門渡る月影にあかずも君をあひ見つるかな」（古今集・恋三・六四八・よみ人知らず）に拠る。

り。女は思し設けけるゆゑよし、この心、歌の風情《ふぜい》も、心恥づかしき御気色《けしき》に、みな忘れ給ひぬ。『かざしの花』＊の行方《ゆくへ》たどり着きても、この春さへ暮れはべりなんは、むげに頼み所なう」と聞こえ給ふに、恥づかしう面《おも》なき心地して、「あやしき人の上にこそさることは見はべりしか」とて、疎《お》れ返りたる御気色ぞ、人の御ほどには似ずおぼえ給ふ。なほ御心に入る片つ方にだにうたた寝＊の迷ひなるを、まいて忙しけれど、後《のち》の逢瀬もまたいつとおぼえ給はぬにぞ、なかなかやすらはれ給ふ。

⑬有明＊のつれなき影に先立ちてまた夕闇の心惑ひよ

とむせかへり給ふ御気色も、逆様事《さかさまごと》なり。

⑭「有明のつれなき影のまばゆさに鶏《とり》より先に起き別れぬる

げにかばかりも身にとりてはおぼろげならず思ひ知られはべるは、さりとも思し知る方も」など聞こえ給ふ御気色も、千々《ちぢ》の言《こと》の葉を尽くさんよりも奥ゆかしう身にしみて、言ひ知らずおぼえ給ふ。＊「天《あま》の門《と》渡る月影に」とのみ御名残《なごり》をながめ明かし給ふに、御消息《せうそこ》はさすが待たれぬほどにありけるにや。

一八　承香殿女御のこと

またその頃、承香殿《しょきやうでん》と聞こゆるは、故式部卿宮の女御ぞかし。御覚えも重き方浅からぬが、女宮二所《ふたところ》ものし給ふ。女二宮は斎院にておはします。女三宮は御身に添へきこえ給へり。父親王《みこ》、才賢《ざえ》うすぐれ給へりける、また御子もなくて、この女御に、世にありがたき文どもも、さながら御倉町《みくらまち》に取り置きて、奉り給へりけるほどに、帝をはじめたてまつりて、何くれの文、日記《にき》ども、ただこの女御に尋ねきこえさせ給ふことなるに、大将おぼつかなう思す文ありて、いかで、と思すに、蔵人《くらうど》の弁なにがしとて、近う仕《つか》うまつる人の妹、かの女御に宰相の君とて候《さぶら》ふゆゑありけり。「聞こえてんや」とのたまへば、案内するに、さばかり、いかなる風のつてもがな、と思しわたる御心地に、「いかがは。何と記して賜れ」とありければ、その書きつけの奥に、「いかがと危《あや》ぶまれはべりしに、左右《さう》なくかやうに承る、嬉しう」と聞こえ給へりけり。「文どもはさることにて、異なる秘事、御みづからならでは」とて、唐めいたる箱の封つ

きたるを開《あ》けて見給へば、白き薄様に、

⑮書き付くる昔の跡のなかりせば思ふ心は知らせましやは

また、

⑯「いかにせん見るに苦しき君ゆゑに心は身にも添はずなりゆく

*たよりにもあらずあさましうこそ」と書かれたる墨つき、筆の流れ、今の世の上手と聞こゆる御手なれば、置きがたう見給ふ。御返りは、紅の薄様の*千入《ちしほ》に色深きに書きて、上をば白き色紙《しきし》に立文《たてぶみ》にしてぞ奉り給ふ。

⑰「伝へ聞く流れを汲むも嬉しきに逢瀬待たるる水茎の跡

⑱身に添はぬ心の果ての行く末はさりともよそに見てややみなん

*さぞな昔の契《ちぎ》りにてや」とあるを見給ふ御心地、いかがは。*下焚《た》く煙《けぶり》の果てをいかにとのみくゆり侘《わ》び給ふに、君も御心にかかりたれど、内裏《うち》わたりの暮れかかるほどは、道の空もただならずうかがひ聞こゆれば、忍びてと思はんもののの隈《くま》はあらはなるべし。人の御ためもよしなう、と思しやすらふほどに、「里に出で給へり」と聞こゆる頃、四月《うづき》の十日余り、山時鳥《やまほととぎす》の忍び音《ね》あらはれて、艶《えん》なる夕暮れのほど、一条わたりの古《ふる》宮の御跡へおはしたり。

*たよりにもあらず―「たよりにもあらぬ思ひのあやしきは心を人につくるなりけり」（古今集・恋一・四八〇・在原元方。後撰集・恋二・六八七・紀貫之）に拠る。

*千入―何度も布を染めること。

*さぞな昔の契り―「これもみなさぞな昔の契りとぞ思ふものからあさましきかな」（千載集・恋四・八四一・和泉式部）に拠る。

*下焚く煙―「忘れずよまた忘れずよ瓦屋の下焚く煙したむせびつつ」（後拾遺集・恋二・七〇七・藤原実方）、「我が心かはらむものか瓦屋の下焚く煙わきかへりつつ」（同・恋四・八一八・藤原長能）に拠る。

一九　男主人公と承香殿女御との密会

池、山、木立《こだち》、もの古《ふ》りて、石のたたずまひ、水の流れも、優《いう》に住みなし給へり。池のあなたの岸より咲きかかれる藤の、軒近き松の梢までたなびきかかれるほど、紫の雲かと見えて、言ひ知らず面白し。中門のほどなど、鏡などのやうに磨《みが》ける心地して、悪《あ》しくせばすべりぬべくぞあんめる。空薫物《そらだきもの》けぶたきまでくゆり満ちて、もてつけ艶《えん》なる夜《よ》の景色《けいき》なり。寝殿の東面《ひむがしおもて》の母屋《もや》の御《み》簾《す》下《お》ろして、御褥《しとね》出だされたり。色濃き御直衣《なほし》に、若楓の御衣《ぞ》、白き生絹《すずし》の単衣《ひとへ》、撫子《なでしこ》の織物の指貫《さしぬき》、匂ひも色もこの世のものならず、光ことに着なし給へる御様、内裏《うち》わたりなどにてさし退《の》きて見きこゆるは、なほなのめなりけり。かのことの初め、伝へきこえし宰相の君ぞあひしらひきこゆる。月ははなやかにさし出でたれど、暮れかかる空に紛《まぎ》らはして、「あまりもの遠うもはべるかな。伝はるもことごとしう」とて、几帳押しのけ、寄り居給へる御様に、あまり直面《ひたおもて》なるはつつましうて、ひき入り給ふ御袖をひかへて、

⑲「忍ぶるか雲のよそなる時鳥音《ほととぎすね》にあらはれて今は聞かばや

*思ふてふことも、たがひに晴るけはべらんこそ」と聞こえ給へる御気色《けしき》など、言ふもなかなかなり。

⑳語らはば雲居はよそになりぬとも君があたりに声や尽くさん

言ひ知らず艶《えん》なる御気色は、をかしう見きこえ給へど、逢瀬待たれぬ水茎の跡、人の御ほどの、推《お》し量《はか》られしほどの近まさりにはおぼえ給はず。人柄のらうらうじく、優《いう》にいみじくおはする人の御ほどによれば、心尽くしなるべき行く末のなかなかなる嘆きをも、浅からず聞こえ給ひながら、暁まではつつましきさまにもてなして、例の宵《よひ》過ぐるほどにぞ出で給ひぬる。ここにはまして、月頃の下焚《た》く煙《けぶり》は何ならず、時の間だに恋しくかなしく思さるるに、心に入れずは見えじ、と折を過ぐさず訪れなどはし給へど、こなたの御心ざしの十が一だにあらじとぞ見ゆる。「いたう隔てじ」とはほのめき給へど、なほかの梅《むめ》の立ち枝《え》には御心ひきて、思ひ寄らぬ昼間のほどなども紛《まぎ》れ給ふ。さても「天《*あま》の門《と》渡る月影」嘆き給ひし人は、心尽くしに嘆き侘《わ》び給ひながら、参り給ひにけり。

*思ふてふこと――「忍ぶれば苦しきものを人知れず思ふてふこと誰に語らむ」（古今集・恋一・五一九・よみ人知らず）に拠る。

*天の門渡る月影――梅壺の心中思惟。一七節の頭注「天の門渡る月影に」参照。

上はげに御色好みにて、この女御たちをもほどにつけてはすさめずもてなさせ給ふ。まいて承香殿《しょきやうでん》の女御は、一際《ひときは》よしある方には思ひきこえさせ給へれば、御参りをも心もとながらせ給へば、参り給ひぬれど、御心の中ぞせん方なき。

二〇　男主人公の一品宮に対する愛情

大将はとかく珍しき隈々《くま》につけて、*かつ見る人の御さまにまさるはなく、契《ちぎ》り深くあはれにのみ思ひきこえ給へれば、何事もうちとけ語らひきこえ給ふにも言ふかひあり、をかしかりぬべき節《ふし》も思し入るべきことはあさはかならねど、御身のほどのいつかしさをばうち置きて、ただこの御心に限りなく従はん、と思したるも、いかがあはれならざらむ。待たれぬほどに出で来給へりし姫君の、今より限りなく生《お》ひ出で給はんままにいみじかるべき御さまをかつ見るからにも、なほうち置かずもて扱ひきこえ給へる、いみじきことわりなり。

*かつ見る人―「陸奥のあさかの沼の花かつみかつ見る人に恋ひやわたらむ」（古今集・恋四・六七七・よみ人知らず）に拠る。

二一　男主人公の憧れの的 ―― 叔母、弘徽殿中宮

この御さまをも中宮の常にも見きこえ給はず、うとうとしきを、大将は、などかくはおはしますぞ。心つけ顔に上の思し疑ふなるぞをかしき。思ひ寄るほどのことかは。七、八ばかりにて童殿上して参り給へりける折、つくづくと目離《か》れなくまもりきこえ給へりけるを、上の御覧じて、「心のつかんままに、誰《た》がためもよしなし」とて、御入り立ちは放たれ給ひにけり。その後《のち》は、御衣《ぞ》の裾《すそ》よりほかに見きこえ給はず。「幼くては、容貌《かたち》わろき女のそばをば通らじとさへする曲者《くせ》にて、ありし人の御ほどのめでたかりしとはほのかにおぼゆれど、いかなりし御面影《おもかげ》とだにおぼえきこえぬこと。御方々《かたがた》の参《ま》う上《のぼ》り給へる夜も、半ばにはこなたへなるとかや人の言ふなるは、まことか。春宮の宣耀殿《せんえうでん》の御仲はまたけしからぬほどなり。御容貌はいづれかすぐれたる」と、いづ方もおぼつかなからず参る、この宮の按察使《あぜち》の乳母《めのと》に問ひ給へば、笑ひて、「上は、なべて珍しき人などをばときめかさせ給ひて、その上限りなき御気色《けしき》こそ映《は》え映《ば》

えしうはべるに、春宮の御仲らひは念なくおはします。よろづはさることにて、后宮の若うおはしますことは、この御前、春宮などの御母后とは、すべて思ひ寄らぬことになん」と聞こゆれば、女御をだにかかる類《たぐひ》のまた世にあらば、と見きこゆる度《たび》には案ぜらるるを。げに我が心の中は知りがたし、とは思ふものから、いかなれば、とゆかしからずしもなし。御年はまた、承香殿《しょきやうでん》はなほ御兄《このかみ》なりかし、と思し出づる例もありけり。

一二 宣耀殿女御、再度懐妊後、重態

宣耀殿、冬頃よりまた同じさまなる御心地にて、年も返りぬる夏頃より、いかなるにか御心地を苦しうせさせ給ひて、日に添へて弱らせ給へば、誰も思し嘆きて、七月ついたち頃よりは、出だしたてまつらせ給ひて、御祈りひまもなし。春宮はまいて、出でさせ給ひし日より、同じさまに臥《ふ》し沈ませ給へれば、上、后宮も思し嘆くこと限りなし。

一二三　男主人公、聖を招請するために、難波へ下向

唐土《もろこし》より渡りたる聖《ひじり》の、相を賢くして験《げん》あるが、このほど、難波《なむば》の海の方、天王寺、住吉などに行ひ歩《あり》くよし、大将に聞こゆる人あるに、さらでだにさやうの方進む御心はいと嬉しく思して、「かかることをなん承る。『並々ならん御使ひなどには参りはべらでや』と申しはべり。我行《ゆ》きて尋ねはべらん」と、大臣《おとど》に申し給ふに、都離れたらん御歩《あり》きをおぼつかなかりぬべく、しぶしぶに思したれど、御供の人、これかれなど定め給ふ。御*傅《めのと》の民部卿、その子供、さらでもむつましき殿上人二、三人にて、八月二十日余りの有明の月とともに、御舟に召す。*鳥羽田の面《おも》、淀《よど》の渡り、長柄《ながら》の橋の古き跡、*今津、柱本ほどなく過ぎて、*渡辺《わたのべ》や大江の岸に着きぬれば、雲居に見ゆる生駒《いこま》山など、ならはず珍しう思す。いまだ明かきほどに、*難波《なには》の寺に参り着き給へり。*東門中心の思ひなしと言ひ、*心の塵をすすぐらん亀井の水を結びあげても、ものごとに御心澄みつつ、かの聖尋ねさせ給へば、住吉に侍るよし申せば、次の日ぞ御馬《むま》にて渡

*傅―養育係。

*鳥羽田の面、淀の渡り、長柄の橋―「鳥羽田」「淀」は山城国。「長柄」は摂津国。

*今津、柱本―ともに摂津国。

*渡辺や大江の岸―「渡辺や大江の岸に宿りして雲居に見ゆる生駒山かな」（後拾遺集・羇旅・五一三・良暹法師）に拠る。「渡辺」「大江」は摂津国。「生駒山」は河内国。

*難波の寺―天王寺。

*東門中心―底本「とう行中心」。「行」は「門」の誤写か。

*心の塵をすすぐらん亀井の水を結びあげて―「濁りなき亀井の水を結びあげて心の塵をすすぎつるかな」（新古今集・釈教・一九二六・上東門院彰子）に拠る。

り給ふ。薄《すすき》、刈萱《かるかや》など秋の草どもも、都よりはほのかにあはれげにて、道すがら心細し。阿倍野《あべの》の*王子など言ふ渡りすぎて参り着き給へれば、*朱《あけ》の玉垣神さびて、さこそは*現兆《げんてう》なるらめ、とまことに信も起こりぬべし。海面《うみづら》に形《かた》のごとくなる庵《いほり》、薄、刈萱などをかごとに結びてぞありける。

二四　男主人公と聖との対面

うち見たてまつりて、さにもたまらず畏《かしこ》まり惑ふめり。まづ発心の始めなど問ひ給へば、「いつを始めに道心など起こしたることも侍らず。筑紫の方に侍りしが、十ばかりより僧の形にまかりなりて、寺になん侍りし。その長老の入唐《にたう》しはべりしに具して、渡りはべりしほどに、それも亡《う》せはべりにし後《のち》まで二十年余りかの国に侍りしが、この四、五年ばかり、筑紫に帰りてはべるなり。親、同胞《はらから》、親類もみな亡せはべりにけり。昔住みし家の跡も*姑蘇台の露だに残らず、波かくる磯にまかりなりはべりにければ、今更ならぬ世の無常も思ひ知られはべりて、*安楽寺にぞしばし行ひはべりしが、所々の霊仏、霊社拝みたて

*王子―熊野神社の末社。
*朱の玉垣―「住吉の末の下枝《しづえ》に神さびて緑に見ゆる朱の玉垣」（後拾遺集・雑六・一一七五・蓮仲法師）に拠る。
*現兆―神仏が霊験を示すこと。「厳重《げんぢよう》」（厳かで厳めしい）と考える説もある。
*姑蘇台の露―「強呉滅ビテ荊蕀《けいきよく》アリ　姑蘇台ノ露瀼《じやう》々タリ　暴秦衰ヘテ虎狼ナシ　咸陽《かんやう》宮ノ煙《けぶり》片々タリ」（和漢朗詠集・下・故宮付破宅・源順）。
*安楽寺―現在の太宰府天満宮。

まつらんとて惑ひ歩《あり》きはべり」と聞こゆ。女御の御悩みのやう語り給ひて、「御有様をしかるべく聞きつけてなん、ならはぬ旅の空にあくがるるを、これもしかるべきことと思して、誘はれ給ひなんや」とのたまふ御さまの、この世のものとも見え給はぬに、功徳《くどく》の報《むく》ひあらはれて、かたじけなければ、「いかでかは。月に入らせ給ひなんに参りはべらん」と申す。よろづのことを問ひ給ふに、暗きことなし。*斧《をの》の柄《え》も朽《く》ちぬべう思して向かひ居給へるに、*社《やしろ》のそうくわん、幣帛《みてぐら》捧《ささ》げたりつるままに、上の衣《きぬ》ことごとしげに着なして、「むげにあだなる御座所《おましどころ》のかたじけなうはべるに、釣殿に御座よそひてはべるに、入らせ給ひて、聖《ひじり》をもかれへ召すべき」よし申す。さすがに聖も*初夜の行ひに入るべければ、おはしましぬ。

二五　男主人公と故権中納言の遺児若君との対面

*松の下枝《しづえ》を洗ふ白波、入海《いりうみ》に作りかけたる釣殿、まことに心すごし。公卿の座と思しき所の御簾《みす》捲《ま》き上げて、ながめおはするに、ありつる男、奥の障子を

*斧の柄も朽ちぬべう―長い時間が経つのを忘れるたとえ。
*社のそうくわん―不明。総官で神官の責任者かとする見方もある。
*初夜―夜を三分した最初の時間。
*松の下枝を洗ふ白波―「沖つ風吹きにけらしな住吉の松の下枝を洗ふ白波」（後拾遺集・雑四・一〇六三・源経信）に拠る。

開《あ》けて、御殿油《とのあぶら》参らせたる方を見やり給へば、限りなううつくしげなる女のささやかなるぞ居たる。いと覚えなくて、近く寄りて見給へば、十一、二ばかりなる人の、白き衣《きぬ》に袴長やかに着て、髪の裾《すそ》は扇を広げたらんやうにをかしげにて、容貌《かたち》もここはとおぼゆる所なく、一つづつうつくしなどもなのめならず。さるは、我が御鏡の影、女御などにぞおぼえきこえたる。「覚えなきわざかな」とて、御髪《ぐし》かきやりなどし給ふに、この男立ち去らず、畏《かしこ》まり居て申すやう、「これは殿下の御嫡子《ちやくし》、中納言殿と聞こえさせ給ひし、御後にとどめ置きたてまつらせ給へる若君になんおはします。なにがしが一腹《ぷく》の姉に、兵《ひやう》衛督《えのかみ》と申しはべりけるが女、中納言の君とてかの御方に候《さぶら》ひはべりしが、名残をとどめて亡《う》せ給ひて後に、生まれ給へるになんおはします。中納言殿の母上おはせましかば申しはべりなまし。御忌《いみ》だに過ぎぬほどに競《きほ》ひ隠れ給ひにしに、また、この君産みきこえて、ほどなくそれも亡せはべりにしかば、母にてはべりしが、ほどなき袖に玉を包みたらん心地にて、もていたづききこえしも、一昨年《をととし》亡せはべりにし後《のち》は、ただなにがしが身一つにもて扱ひたてまつりてなん。*ことのさまもと思ひ給へて、ただ女房の御さまにてなんあらせたてまつる。

＊ことのさまもと思ひ給へて、ただ女房の御さまにてなんあらせたてまつる—亡くなった権中納言の息子であることが知れると、関白家の後継者争いの火種が生じることを懸念したかとする考えがある。

『いかなるたよりもがな。このよし奏しはべらん』と、御社《やしろ》にても祈誓し申しはべりつるに、かかることを待ちつけたてまつりて、喜びながらなん」とて、うち泣く。ことのさまといひ、この君のあはれげさなどに、君も涙押し拭《のご》ひ給ふ。みづからも涙を浮けて、恥づかしげに思ひて側《そば》みたり。などか同胞《はらから》などのなかりけんと、ことの折節《をりふし》は口惜しうおぼゆるを、いみじう嬉し、と思す。「中納言のと言えば、なほ隔たりたるに、ただ殿の御子となん披露すべき。さ心得て」とて、かき撫《な》でつつ、うつくし、と思したるを、いみじう嬉し、と見ゐたり。「この御母宮の心狭《せば》くて、中納言殿も、母上も、その嘆きに耐へず亡《う》せ給ひにけり。*あな、恐ろし。聞こえてよきことあらじ」と人のおどしけるゆゑに、申し出でんことをためらひけるに、この御気色《けしき》を見きこゆるには、例の、世の人の思ひつけごとを言ひけるこそ、*嬉しう思ひをりける。

二六　男主人公と遺児若君との同性愛

さらでだに、稚児《ちご》をば見過ぐしがたう思したる御心地に、「苦しきに、いざ

＊あな、恐ろし―ここから会話文とする考えもある。

＊嬉しう思ひをりける―この上に「と」を補って解する説もある。

休まん」とて、かき抱《いだ》きて臥《ふ》し給へば、疎《うと》く恐ろしげも思はず、うち笑《ゑ》みてかいつきて寝給へり。「夜は誰とか寝給ふ」とのたまへば、「尼上とこそ寝しかど、その後《のち》は一人こそ。顔のよからぬ人とは寝たくもなき」とのたまふ声、いとうつくしげなり。身なりなど磨《みが》けるやうなる手触《ざは》り、女のさまよりもをかしげなり。

㉑*住吉の神のしるしの嬉しさも君をみるめに思ひ知られて

と聞こえ給へば、

㉒*かかりける神のしるしを知らずしてかひもなぎさと思ひけるかな

二七　男主人公、遺児若君を伴って帰京

異事なく戯《たはぶ》れおはするに、民部卿ことごとしげにて、御車参らせたるよし聞こゆれば、出で給ふにも、この君をば女のやうにひき側《そば》めて、乗せきこえ給ふ。ほどなく綱手速く曳《ひ》かせて、夕つ方、都に着き給ひぬ。殿は、御心も空に待ちきこえ給ひけるに、「かの聖《ひじり》まづ占《うらな》ひて、けしうはおはしますまじきよ

*「住吉の」の歌―「みるめ」に「見る目」と「海松布」とを掛ける。

*「かかりける」の歌―「かひ」に「貝」と「効」、「なぎさ」に「渚」と「無き」とを掛ける。

し申しはべり」ときこえ給ふを、神仏の仰《おほ》せなどのやうに思したり。女宮のいかにならはず思しつらん、とまづ御心も空なれど、この人をいつしか手も放ち給はで、「かかる人をなん儲《まう》けてはべる」とて、見せきこえ給ふ。「女とて御心や置く」と聞こえ給ふに、げによく見れば、男子《をのこご》からと見ゆる顔つきなるもあやし、とほほ笑《ゑ》ませ給へるも、をかしげなる御さまなれば、まづさし寄りて、細《こま》やかに語らひ聞こえ給ふ。

㉓*君と見ぬ難波《なには》の浦はかひなくて返る波路の急がれしかな

㉔心のみ難波の浦に行《ゆ》き返りおぼつかなさを我も嘆きて

しどけなう言ひ消ち給へる御気色《けしき》、有様など、中宮の御気配に一つもののやうなり。女御の御方へ、「女《むすめ》を儲けてはべり。御装《よそ》ひ一領《ひとくだり》」と聞こえ給へれば、女郎花《おみなへし》に紅の御単衣《ひとへ》、二藍《ふたあゐ》の御小袿《こうちき》奉り給へるを、着せ替《か》へたてまつりて、殿の御方へ率《ゐ》てたてまつり給へり。大臣《おとど》もさすがうち見たてまつり給ひて、いみじう泣き給ふ。「これははるかに故中納言よりは清らにこそ見ゆれ」とて、いみじうあはれと思《おぼ》いたり。弁といふ人を御乳母《むのと》につけて、「夜もそれと寝給へよ」と仰《おほ》せらるれば、伏し目になりて、「御そばならずは、ただ一人寝ん」

*「君と見ぬ」の歌―「かひ」に「貝」と「効」とを掛ける。

とのたまふ心苦しさに、また、「さらば、いざ」とて、宮の御そばへも具しきこえ給ふ。終《つひ》の果ていかがあらん。例のささしかるらん。この草子のと。

二八　聖の効験により、宣耀殿女御、皇子を出産

か*くて、民部卿の二郎、左衛門佐《さゑもんのすけ》といふを、聖《ひじり》の迎へに遣《つか》はす。煩《わづら》ひなく参れり。二、三日加持《かぢ》など参るに、御心地次第に軽くならせ給ひて、七、八日になれば、もとの御心地なるに、誰も世の常に思さんやは。春宮よりも、「いかにいかに」と時の間に行《ゆ》き帰る御使ひの、「かかること」と聞かせ給はん嬉しさばかりだにいかがはあらんに、また若宮にて生まれさせ給へり。内裏《うち》よりも、いかなる大僧正にも、望み従ふべく仰《おほ》せらるれど、「老僧などのさるべ*きか。望みにくたびれ、妄念残りはべらん。それを代はりになさせ給へ」とぞ申しける。

*かくて―前節を「この草子の」で終わり、本節を「とかくて」から始まると解する考え方もある。

*さるべきか。―「さるべきが、」とする考え方もある。

二九　聖、男主人公への忠告を残して、修行に出発

その後《のち》、三日ばかり加持《かぢ》参りて、積み置かれたる禄どもさながら置きて、暁、逃げて往《い》にけり。大将殿の御方なる人の名を上《うは》書きにしたる文を、一つ書き置きたるに、「なほ行ふべき所々侍れば、急ぎまかり出づるになん。今四、五年のほどに、君の限りなき御慎《つつし》みに見え給ふ。そのほどに参りはべらん。いづくの浦にても御祈りは怠《きこゆ》るまじくなん」*とて、月日、名のり書きて判じたり。君はうち返し御覧じて、飽かずいみじ、と思す。禄どもの上に折紙書きて、

㉕身になるる苔《こけ》の衣のほかにまた重ねん袖のおぼほえぬかな

住吉より人参りて、「かの聖《ひじり》、『今は御喜びなり』とて出ではべりしかば、もし、なほ御尋ねもや侍らんとて、人をつけて見せおかせはべりしかば、『「煩《わづら》はしく何かつきて見る。帰れ」と申しはべりけれど、芦屋の里*、布引の滝などうち過ぎて、紀の川*といふ所より舟に乗りはべりにければ、力なくて帰りたる』となん申す」と聞こえたり。

*怠るまじくなん―「怠る」と「まじく」の間に「きこゆ」もしくは「みゆ」と傍書あり。そこで、「怠る」は「怠り」の誤記とみて「怠りきこゆまじくなん」と改訂する考え方もある。

*芦屋の里、布引の滝―ともに摂津国。

*紀の川―紀伊国。

＊式部大輔―底本「民部大輔」だが、文章博士である点から見て、「式部大輔」と判断し改める。

三〇　弁の乳母の結婚騒動

「＊式部大輔《しきぶのたいふ》といふ文章《もんじやう》博士なりける末の子にて、世に経るたづきなかりけるを育《はぐく》みおきて、若君に文《ふみ》など習はしきこえさせけるが、捨てられたてまつりて泣きかなしむ、拝ませきこえん」とて、具して参りたるよし聞こゆ。大将召し出でて見給へば、少しをこびたる景気《けいき》なれど、「さやうの者はさこそあれ。わざとも大切《たいせち》のことなり。やがて候《さぶら》ふべし」とて、さるべく仰《おほ》せ給へば、涙を流して嬉しく思ひたり。若君もさすがにうち笑《ゑ》みて、嬉しげに思したるもあはれにて、弁の乳母《めのと》が男、亡《う》せにしにひき合はせんよ、と思して、弁を召して、領ずべき所の下文《くだしぶみ》さし入れ給ひて、小侍《こさぶらひ》のあるに、「ここ、内より開《あ》けられぬやうにせよ」とのたまへば、打ちつけがはめかす音かしかまし。なべてはかかる御計《はか》らひの厳重《げんでう》さもはしたなかるべきを、さる面《おも》なき弁なれば、朝《あした》参りて、「いかにも御計らひを否《いな》びはべるまじきに、けしからず」と申せば、「いさとよ。古《いにしへ》の頼もし人はさしも容貌《かたち》のよかりしに、あまり劣りたれば受けとらじと思ひて、逃がさじとてよ。かまへてこの人の御後見《うしろみ》、真心にせよ。大方の乳母は、左大弁*にてなんあるべき」など、この御扱ひよりほかのことなし。

三一　遺児若君と宣耀殿女御との対面

女御の御産のほどの御いとまなさには、女宮にのみ預けきこえさせ給ひければ、碁打ち、偏継ぎ、何か遊ばしきこえ給ふに心ばせありて、かどかどしうものし給ふを、誰も愛しきこえぬ人なし。

世の中静まりてぞ女御の御方へ具しきこえて、御覧ぜさせ給ふ。御さまのうつくしさをこれもいみじう愛せさせ給ふ。幼《をさな》心地にも、女御の御さまの、日頃人にすぐれてうつくしう懐《なつ》かしと見きこえつる宮よりも、なほ目もあやなるを、つくづくとまもりきこえ給ふを、大将、をかし、と思して、さし寄りて、「あなたにおはすると、いづれかまさりて見たてまつる」とのたまへば、うち笑《ゑ》みて、「それもよくおはすれど、これはなほ類《たぐひ》なくこそ。君に似給へるは、同胞《はらから》な」とのたまふ。いみじう笑ひ給ひつつ、『この人が誰よりもうつくしう

＊左大弁―弁の機嫌を取るために、弁官の最高位者として扱っているか。

思ひきこゆる』と申しはべるは、*仲澄の侍従がまねやせんずらん。心の末こそ後ろめたけれ。なにがしがやうにくづほれたる念なしにては、よもあらじ。あまり誇らかすほどに、痴《し》れ者に生《お》ほし立てつとおぼゆる」など、*笑ひきこえ給へば、「歯黒めもまだしきに、ことさら御前にてつけさせ給へ。ただ今出でて帰らんまでこれに候《さぶら》へよ」など、細《こま》かに語らひおき給ひて、出で給ひぬるに、ただ女のやうにてまことにうつくしう、嬲《なぶ》らまほしければ、御眉作《つく》りなどは御手づからせさせ給へば、御手をばみなねぶりまはし給ふ。「かく性《さが》なくは、今はいろはじ」とて、大納言の君にせさせ給へば、「今はさせじ。御手づからせずは泣かんぞ」とて、大納言の君の手をばへし除《の》け給ふ。「宮仕へもしならはで、苦し」とて、うち臥《ふ》させ給へば、「さは、我も寝ん」とて、御衣《ぞ》ひきやりて御そばに寝給ふ。「一品宮《いつぽんのみや》の御そばにても、かく振る舞ふか」とのたまはすれば、「さて大将のおはせぬほどは、さてこそ寝《ね》れ」とのたまふ。大納言の君、「大将殿のさておはします折は、いづくにか大殿籠《おほとのごも》る」と聞こゆれば、「大将は宮と我とが中《なか》にこそ寝給へ。あち向き給へば恨むれば、こち向き給ふ」などのたまひゐたるを、人々笑ひきこゆ。

＊仲澄の侍従がまね—『うつほ物語』で同母妹の貴宮《あてみや》を恋慕し、貴宮と春宮との結婚に際して悶死した仲澄のこと。『狭衣物語』巻一の春宮が狭衣に「仲澄の侍従のまねするなめり」と言っており、ここと近似する。『恋路ゆかしき大将』（巻五）にも、恋路の端山に対する発言「仲澄の侍従をもまねび給はずや」がある。

＊笑ひきこえ給へば—底本「わらひきこえ給は」を意味が通るように改訂。「笑ひきこえ給ふは」とする説もある。

＊君―底本には「宮」とあるが、ここでは一品宮はその場にいないので、「君」の誤りと考える。

三一　男主人公、遺児若君を溺愛

君＊も苦しくて、御殿籠《とのごも》り入りたるほどにぞ、大将は帰り参り給へる。「あの御さま御覧ぜよ」と、人々聞こゆれば、「女の姿ならんほどは苦しからねど、もの忘れせざらんこそよしなけれ」とて、「こちや」と聞こえ給ふほどにぞ、女御も驚かせ給ひて、「あまりに人をあなづりてらうがはしくはべり。とく具して帰り給へ」とのたまはすれば、いみじう笑ひ給ひて、「なにがしは幼くて、中宮をつくづくと見きこえたりけるにこそ、『行く末推《お》し量《はか》る』とて、長く御入り立ちは離れきこえたれ。この有様、春宮の御前にて人々学《まね》びきこえ給ふな。いかにも悪《あ》しく思さんぞ。されど、これは御同胞《はらから》なれば。大臣《おとど》は中宮にもさてこそおはすめれ。なにがしが一つ隔てある身になりて、もの狂ほしく、御子と同じほどなるものを、思し疑ふ上の御心こそけしからね。されど、げにすぐれ給ひなん人は、見ん人苦しかるべし」とて、うち見やりきこえ給へば、白き御衣《ぞ》どもにやや移ろひたる菊の御小袿《こうちき》奉りて、御殿籠り起きたれば、御髪《ぐし》は*方々《かたがた》へ靡《なび》きかかりたるやうなる御まみのわたり、頰《つら》つきなど、なのめならずうつくしきに、「ただ今も春宮は、『御参りはいつぞいつぞ』と詰《つ》め問はせ給ふ。果ては泣かせ給へるなんめり。あれがやうにもののおぼえたらんも、むつかしさも思ふことなく、我ほど心も静かによきことはなし」とのたまへば、中《なか》務《つかさ》の乳母《めのと》、「その御代はりにはまた人が心を尽くして。暁も待たず帰らせ給ふなる、面々《めんめん》の飽かぬ御名残《なごり》に、病になり給ふ人もおはするとかや。我々はなかなかえ知りたてまつらぬことも、世の中には沙汰し申しはべるぞや」と聞こゆれば、「一人だにまだこそおぼえね、面々《おもておもて》にさへ多からん偽《いつは》りや」とて、うち笑ひ給へる、心恥づかしげなるものから、匂はしう懐《なつ》かしき御さまぞ限りなきや。色濃き御直衣《なほし》に、黄なる菊の御衣《ぞ》、紅の御単衣《ひとへ》、千入《ちしほ》に色深う見ゆるに、龍膽《りんだう》の織物の御指貫《さしぬき》、花の枝ざしもなべて目慣れずぞ見ゆる。この君をうちも置かず、「いで、鉄漿《かね》つけたる口見ん。今少しをかしげにこそ見ゆれ。いづくにても久しうなれば、待ちやすらん、など心に離れぬこそ。これぞほだしなるべき。何事を振る舞ひたらんに、心づきなしと思ひてん。*色好み立てて、思ひ寄らぬ隈《くま》なく振る舞へよ」など言ひゐ給へれば、「かく教へきこえさせ給はん

*方々——「片方《かたかた》」（片一方）と解する考えもある。

*色好み立てて——「色、好み立てて」（女性経験を十分に積む）あるいは「色好み、立てて」（色好みを目指す）の二通りの解釈が考えられる。

に、まことに残ることあらじ。あまりなることはさてしも果てぬならひにて、御仲や悪《あ》しからん」など、中務《なかつかさ》聞こゆれば、「さることあるまじ。心やうもまめやかに、まことしうよき者にてはべるぞ。今御覧ぜよ」など愛し入りて、具し帰り給ひぬ。

巻二

一　男主人公の父関白への諫言

*春日山岩根の松は様々に、*ときはかきはの蔭繁く、はるかに千代はのどけからむ、とのみ思しつつ、おのづからも人のうち煩《わづら》ひなどするをば、あるまじきことのあらんやうに思し騒ぎたる大臣《おとど》の御さまを、大将は心苦しう、*浄蔵、浄眼《じやうげん》の例《ためし》も思し知られて、のどやかなる御物語のついでに、「大方、世のことわりにて、『*時の変改《へんがい》』と申すこと侍れば、菅丞相《せうじやう》も『春秋』にこそたとへ給へれ。喜び、栄えにも、必ず興をさますことあひまじりはべることわりを、危《あや》ぶみ思し召すべきになん。かの太政大臣《おほきおとど》の、すでに六十《むそぢ》に及び給ひぬるが、なほ朝廷《おほやけ》の御後見《うしろみ》なん、心にかかることけにはべる。故大殿《おほとの》のこなたへ譲りきこえ給へりけることは、恐れながら御僻事《ひがごと》にこそはべりけれ。ひと日も内裏《だいり》にて、なにがしをとく揺るぎなくなしてみたきとかや奏せさせ給ひけるよし承る。かへすがへす当時あるまじきことになん。君は四十《よそぢ》にこそみたせ給へば、さは言へど御行く末おはします。かの大臣《おとど》の、いつの世を待つともなき頭《かしら》の

*春日山岩根の松は―「春日山岩根の松は君がため千歳のみかは万代ぞ経む」（後拾遺集・賀・四五二・能因法師）に拠る。

*ときはかきはの―「万代を松の尾山の蔭茂み君をぞ祈るときはかきはに」（新古今集・賀・七二六・康資王母）に拠る。

*浄蔵、浄眼の例―浄蔵、浄眼の二人の兄弟が父妙荘厳王を発心させ、華徳菩薩とさせた故事（法華経・妙荘厳王本事品第二十七）。『狭衣物語』（巻四）の堀川大殿の心中思惟においては、浄蔵、浄眼と息子狭衣とが重ね合わされている。

*時の変改―菅丞相（菅原道真）が大宰府への配流の途次、明石の駅《うまや》で「駅長莫カレレ驚クコト時ノ変改　一栄一落是レ春秋」という漢詩を作ったという話（大鏡・時平伝）がある。

＊つみ―「頭の雪の積み」と「罪深う」とを掛ける。

＊五節―十一月の中の丑、寅、卯、辰の四日にわたって宮中で行われた行事。

雪のつみ＊深うなん見給ふる。さて一宮、坊に立たせ給ひ、女御、立后など侍らん御栄華の頃、返りならせ給ひて、いつまでも御保ちはべれかし」と聞こえ給ふに、げにも、この風情《ふぜい》思ひ寄らざりけり。親なれど、我が心はむげに言ふかひなしかし。かやうにのみあまりこの世の人にあまり給へる御やうを、かへりては危《あぶ》なく、空恐ろしくさへ思して、うち泣かれ給ひぬ。「賢《さか》しきやうなれど、せめて御世も久しからんためになん、思ひ寄られはべる」とて、これもうち泣かれ給ふ。上も、「例のこの大将の計《はか》らひならん。なべてならぬ人のさまかな」とぞ仰せらるる。大方、さ披露はなけれど、あまねくさなん人の思ひける。

二　太政大臣に関白の宣旨

十一月一日、関白の宣旨参りたるに、大臣《おとど》の御心地いかがはあらん。ものに当たりて喜び惑ひ給ふ。拝賀、五節《＊ごせち》より先、と急がせ給ひて、権大納言、右大将になり給ふ。この大将、内大臣かけ給ふ。

三　梅壺女御、立后

十二月《しはす》に、梅壺《むめつぼ》の女御、后に立ち給ひて、中宮と聞こゆ。もとのをば皇后宮とぞ聞こゆる。三日がほどは、内大臣《うちのおとど》も参り給ひて、御遊び何か、こと掟《おき》てまじらひ給ふにぞ、かざしの花に移りし御心の末、むなしからず見ゆる。紛《まぎ》らはしけれど、いささかなるものの端に

㉖あだならぬ思ひの末や紫の雲となるまで立ち昇《のぼ》るらん

とあるを、なのめにや待ち見給はん。

㉗紫*の雲となるにぞ思ひ知る心の色の移り染*めしも

*紫の雲―皇后（この場合、梅壺中宮）の異称。

*染め―「初め」とする考え方もある。

四　承香殿女御の悲嘆

承香殿《しよきやうでん》は人より先に参り給ひて、御子《みこ》たちもおはします。重き方には、上も思ひきこえさせ給へれど、力なきならひにて、この度《たび》もかかるを思し入りて、

泣き恨みきこえ給ふを、上は慰めかねきこえ給ひて、もの侘《わ》びしうぞ思されける。

五　遺児若君の元服と結婚

年返りて、正月に前《さき》の殿の若君といふ人出で来給ひて、元服《げんぷく》し給ふ。今の殿ぞ*引き入れし給ひける。その夜、中将になり給ふ。変へまうかりし女房の御姿ひき変へたる御気色《けしき》、ことのほか大人び給ひて、若き人々は、ことの映《は》えにやうやう思ふべかめり。かの新手枕《にひたまくら》と聞こえし姫君は、*ははその森のうた寝のみ御心に入りて、のどかに思ししほどに、「さはこの人に譲りはべらん。これは、なほ持て出でて心安うもはべりなん」と聞こえ給ふを、「まことに」と喜びきこえ給ひて、通はしきこえ給ふ。女君は今二つばかりが兄《このかみ》にて、盛りに見え給へど、男君は、なほ内大臣《うちのおとど》の御そばを夜も離れがたうまとはしきこえ給へど、「今は御姿も便《びむ》なく、人目もけしからず。さるべからむ人とこそ寝給はめ」と、をこつりやりきこえ給ふ。

*引き入れ—元服の時、冠をかぶせる人。

*ははその森—歌枕「柞の森」（山城国）に「母」（姫君の母で太政大臣北の方）を掛ける。

六　新関白北の方への贈二品

殿の上は二品の位賜りて、中宮の御母の儀式にて、*輦車《てぐるま》許《ゆ》りて参りまかでし給ふに、限《くま》なき上は御覧じて、限りなう御心移させ給へりけるよし、内大臣《うちのおとど》も聞き給ひて、をかしう思しけり。

*輦車――親王、大臣、后などで、特に宣旨を蒙った者が乗用する。

七　帝譲位・前関白復帰・宣耀殿女御立后

かかるほどに、八月、御国譲りにて、もとの殿返りなり給ふ。下《お》り居の帝は朱雀院《しゆじやくゐん》におはします。一宮、坊にゐさせ給ひ、宣耀殿《せんえうでん》、后に立たせ給ふ。次第に上《あ》がらせ給ひて、これをぞ中宮とは申すべき。今は御局《つぼね》、弘徽殿《こうきでん》なり。思ひしことどもなれどめでたし。中将の君三位し給ふ。

八　男主人公の姫君の袴着

内大臣殿、姫君五つになり給ひ、御袴着、院にてせさせ給ふ。いづ方につけてかおろかにものし給はんとおぼゆる。際《きは》にもなほ過ぎたる御さま、容貌《かたち》を、院は、とくとく春宮に奉らばや、とひきものべまほしう思したり。母宮もしばし院におはしませば、内大臣《うちのおとど》もつと候《さぶら》ひ給ふ。皇太后宮の御あたり、例の雲居はるかにもてなさるるを、いとものし、と思しつつ、女宮に「かやうになれば、さもありぬべきことからと、心も尽きておぼゆる。同じくは、さらばこのほどに導かせ給へかし。御鏡の影に似きこえさせ給へりや」などのたまひゐたれば、笑はせ給ひて、「あの御さま見たてまつる折は、内の上や、まいて我が身などは、などやわろかりけると思はるる。若くおはしますさまなどは、親の心地もせねば、心安きことはあるまじきものゆゑ、御心乱れんもよしなし。な見きこえ給ひそ」と、まことしげに仰《おほ》せらるるぞをかしき。

九　前斎宮の男主人公への恋慕

斎宮ときこえつるは、院の御妹なり。御心の趣《おもむき》、世の常ならず奥深うあらまほしうおはしまして、上《のぼ》らせ給ひける折、「神よりほかの契《ちぎ》り結ばじ」と誓はせ給ひて、宝前に納《をさ》めさせ給ひけると聞こえしに合はせて、やがて御さま変へさせ給ひて、ありがたうめでたき例《ためし》にて行はせ給ふが、また、例なき琴《きん》の御琴《こと》の上手におはしますを、大臣《おとど》、いかでこの姫君に伝へさせきこえん、と思すに、一品宮《いっぽんのみや》もとより弾《ひ》かせ給へば、さるべく聞こえさせ給ひて、二月に渡し初《そ》めきこえさせ給ひて後《のち》は、これへも入らせ給ふに、大臣《おとど》御心に入りたることにて、さし過ぎ気《け》近く参り給ふを、見なれさせ給ふままに、さしも祈《ね》ぎごとしたまひし御心地の、何と思ひ分くまではなけれど、そぞろに懐《なつ》かしう身にしみて、近づかまほしき御心のみ出で来るぞ、いとあさましき。いかにもただならぬ御気色《けしき》を、女宮も御覧じとがめて、大臣《おとど》にも聞こえ給ふを、我も折々あやしう思しとがむ御事*なれば、「いかにも魔縁のしわざとおぼゆる。これほど色

*とがむ御事――「とがむ」は「とがむる」の誤りか。「事」は「言」とする考え方もある。

も情けもなく、女をば恐ろしげにのみ振る舞ふが、なかなか珍しくて、尼衣の袖ひきかけんと思すにや。げにちと申しかかりて後《のち》には、教化《けうげ》したてまつらんよ」とて、笑ひきこえ給ひつつ、明日ばかり帰し渡しきこえ給ふべき日は、日暮らし御琴《こと》ども弾《ひ》き合はせて遊び給ふに、「さても*御裳濯《みもすそ》川の流れ清かりし御身なればとて、やがてこの世の濁りに染《し》まず思ひ切るならひは、昔より聞くともおぼえはべらぬを、例《ためし》ありがたう背《そむ》き捨てさせ給へるしるしには、いづれの御行ひ、何の業《げふ》にか思し鎮《しづ》められてはべるらん」と聞こえ給ふに、

㉘*鈴鹿川ふりにし波に袖濡《ぬ》れて仏の道は入りぞ煩《わづら》ふ

と、忍びやかにのたまはすれば、「それは別々《べちべち》に思さるるまじくなん。

㉙五十《い》鈴《すず》川法《のり》の道より流るればなれし契《ちぎ》りも仏ならずや

*和光同塵はいづれもおろかならずながら、*両界《りやうがい》の作法あらはれたると承れば、結縁《けちえん》に勅使所*たうして参らまほしかりしかど、*在五中将が心づかひもや、時にとりて出で来んと疑はれはべりてこそ、まかり過ぎはべりしか」とて、

㉚世を捨つるいまだにありなそのかみの標《しめ》ひきかけし時をしぞ思ふ

御袖をひき寄せて、御手をとらへ給ふに、ものも言はれ給はず、消え返りて、

＊御裳濯川―伊勢神宮を流れる五十鈴川の別名。
＊「鈴鹿川」の歌―「鈴鹿川」は伊勢国の歌枕。「ふり」に「旧り」と「振り」とを掛ける。
＊和光同塵―仏や菩薩が人々を救うために、姿を変えて、この世に現れること。日本では本地垂迹説に転用される。
＊両界―密教教義による胎蔵界（万物を包容すること）と金剛界（知恵が堅固で煩悩を打ち砕くこと）。伊勢神宮はこれらを統合したものと考えられている。
＊たうして―「た」は「ま」の誤写と推測して、「勅使所望して」とし、伊勢神宮への勅使となることを希望したと考える説もある。
＊在五中将が心づかひ―『伊勢物語』六十九段に、狩の使が伊勢の国に行き、斎宮と恋に落ちたとおぼしい物語がある。在五中将は在原業平。

㉛「神かけて仏に祈る我が心思ひ返せどなほぞ乱るる
*この世とのみはおぼえずや」と、袖に顔を押し当てて泣き給ふ。見る目だに限りなくは、何の憚《はばか》りもおぼえずやあらん。手当たりもあまりやせやせにさらぼひたる心地して、かへすがへす尊くてぞおはすべき。心得ぬ御気色《けしき》かな、とあはれにおぼえ給ふ。

㉜「かりそめの色に心を移さじと思ひ返せば返るならひを

さばかり心清く思し取りにける御心翻《ひるがへ》らず、生死《しやうじ》のいはれをよく思し弁《わきま》ふべくなん。尊き聖《ひじり》の侍りしが、行方《ゆくへ》なく修行に出ではべりにし。また見えはべらん折、必ず参らせはべらん。さやうのことども御尋ねはべれ」と聞こえ給ふに、身に染みて恥づかしう、「思ひ返さば」の御言《こと》の葉より、時の間に乱れける御心もひき直されて、あな恥づかしや、と思しなられ給ひぬれど、いかさまにも常に向かはまほしう懐《なつ》かしき御心は失《う》せず。*我ならぬ人はさてやは果てまし、と行く末も後ろめたう思ひきこえ給ふ。帰り渡り給ふにも、様々の御贈り物たてまつり給ふ。六条わたりの古宮《ふるみや》のいたく荒れたるをも繕《つくろ》はせなどぞし給ひける。

＊この世とのみは――「神もなほもとの心をかへり見よこの世とのみは思はざらなん」（狭衣物語・巻四・狭衣）に拠る。

＊我ならぬ人はさてやは果てまし――「私以外の男なら、このままでは終わるまいに」と男主人公の心中思惟が語られている。男主人公が前斎宮の将来を心配していると考えられる。また「私以外の女性なら、このままでは終わるまいに」と前斎宮の心中思惟として考えることも可能。

一〇　男主人公と遺児若君との女性談義

三位中将、「など、己《おのれ》をば斎宮の御あたりをば疎《うと》くもてなさせ給ふ。五絃の曲ならずとも、いづれも優れたる御ことと聞こゆるに、何にても習ひきこえて」とのたまへば、「いや、ものめでを少しし給ふからとおぼゆるに、なべての若き男はせんなし」とのたまへば、「御車より降《お》り給へりし折、思ひあへず見たてまつりたりし、墨絵のやうにて、うつくしうもおはしまさざりし」とのたまへば、「さては、また見きこえにけるは憎きものかな。かまへて、内裏《うち》わたりにても、夜となればたたずみ歩《あり》き、人はよも知らじとて、思ひかけぬ所へ隠ろへ行きなどし給ふな」など、親をだに従へきこえ給へれば、立てず据ゑずせせかみきこえ給ふ。「されば、君には文《ふみ》投げかけ、ひき止めなどはせぬか」とのたまへば、「見る目にひかれてこそさも侍らめ。人とも人が思ひてはべらばこそ。藤内侍など申す人々が見つけては、やうやうに申して笑ひはべるこそ心づきなく」と申し給へば、「そのなれ者どもは何とか言ふぞ」とのたまへば、

『ただこの頃やうとして、水鳥のやうに一つがひづつおはしまして、御目もほかへ散らばや、目もさめん。なにがしだにさな振る舞ひそ。いと念なし。院の上こそなほ面白うおはしませ。君は、なほ隈々《くまぐま》しきことどもを、また振る舞はせ給ふなる』とぞ申しはべる」と聞こえ給へば、『何事の隈ぞ』と詰《つ》めふせては問はぬか」とて、笑ひ給へる御さまぞ、ただ同じことの尽きせずおぼゆるや。

一一 聖の再訪と男主人公への警告

十月《かみなづき》の頃、またありし聖《ひじり》参れり。「明けん年、君の限りなき御慎《つつし》みなり。心ばかりは祈誓し申しはべればにや、助からせ給ふべきよしの夢想は侍りしかど、大きなる御嘆きなどや侍らん。なほも御心許しはべるまじくなん」とて、うち傾《かたぶ》きつつ涙を流して見きこゆるに、さらでだにかりそめにおぼえ給ふ世の中、いとあはれなり。「人にすぐれて命を惜しむ心にはあらねど、大臣《おとど》に先立ちきこえて嘆かせたてまつらむ、いと罪深う、さればとて山林《やまはやし》に入りても見るかひなく思されんは同じことなり。ただかうながら身を変へで行はん」ことをのたまひ合はすれば、「何と申しても密教こそ、罪をも滅し、災難をも除く技《わざ》にはべれ。*供花《くげ》の御祈りとて*修法《ずほふ》など申しはべるも、人の後《のち》の世を弔《とぶら》ひたてまつるも、*護摩をこそ本体としはべれ。そを御みづから勤め給はん、すぐれたることになんはべるべき。まづ*十八道の御加行《けぎやう》侍りて、麗《うるは》しき御行ひ果てはべりなば、在家の御身はいかなる御振る舞ひも許さるることにはべり。このこと聞こえ知らせにまうではべりつるなり。いづくの空にても、御祈りは懈《け》怠《だい》なく仕うまつるべし」とて、忙しげなるを、前斎宮へ人つけて奉り給ふ。

一二　男主人公、聖の警告を一品宮に報告

その後《のち》は、世の中あぢきなう思さるること限りなければ、大臣《おとど》には聞こえ給はず。なべての人の心はかやうなることあれど、必ずあらんこととやは思ふ。何事も三宝に信をおこす御心にて、「*嘆きに代はる」と言ひしも何事にか、とつと御胸塞《ふた》がりたる心地して明かし暮らし給ふ。女宮にぞ、「かくなん言ひて往《い》にしかば、年の内より加行《けぎやう》とかや始め給ふべき。大臣《おとど》、上などのほかには、

*供花―仏前に花を供えて供養すること。

*修法―密教で災害、危難を避けるために行われる加持、祈禱。

*護摩―密教で、不動明王などを本尊とし、その前に火炉を据えた壇を設けて護摩木を焚き、供養物を捧げ、息災、増益、降伏などを祈願する修法。

*十八道―密教の修行法である四種の修行の最初に行われるもの。

*「嘆きに代はる」―前節の聖の警告を要約したもの。

ほだしあるまじき身なれど、一夜の隔てもわりなうならはしきこえつる御名残《なごり》こそ、何にも過ぎてかなしうはべれ」とて、ほろほろと泣き給ふに、宮も何とのたまはすることはなけれど、続き落つる御涙の気色《けしき》、いとあはれなり。

㉝同じくは*我先立たむ長らへば変はる心の色を見ぬ間に

㉞命こそ*定めなき世と嘆かるれ変はる心の色は見せじを

起き臥《ふ》しあはれにのみ契《ちぎ》り語らひきこえ給ふにも、まことにおくれ先立つ*露の隔ては、終《つひ》にあるべきことわりも深く思し知らる。

一三　男主人公、承香殿女御の里邸で可憐な女を発見、逢瀬

なほざりにもの言ひ触れ給ひしあたりあたりにも、今一度《たび》づつ、と思して、承香殿《しようきやうでん》里におはするに、思し立ちたり。例は人住むとも見えぬ西の対《たい》の方に、箏《しやう》の琴《こと》をわざとならず弾《ひ》きすさむ音、なべてならず聞こゆ。近く歩《あゆ》みおはして、火の光見ゆる所より見給へば、名残《なごり》なく見ゆ。薄色の衣《きぬ》のなよよかなるを着て、琴《こと》をば弾きやみて、火をつくづくとながめて、いともの思はしげなるま

*「同じくは」の歌――一品宮。

*「命こそ」の歌――内大臣の歌。

*おくれ先立つ――「末の露本の雫《しづく》や世の中のおくれ先立つためしなるらん」（新古今集・哀傷・七五七・僧正遍昭）に拠る。

みのわたり、あはれに懐《なつ》かしう、らうたげなること限りなし。十二、三ばかりなる童《わらは》と、また若やかなるとぞ、前に居たるも、なよよかなる姿どもご覧じもならはず、あはれげなり。「いつをいつと、かくてはおはしまさんぞや。人々の申しはべりし分《ぶん》も、さまでのことやは侍る。これほど名残久しかるべきことにやははべる」など、うち嘆きて言ふ気色《けしき》、ことのやう、院の上の御心にかかりける人を、女御の憎みて、離れたる方に諫《いさ》めおき給へることのさまにきこゆ。正身《しやうじみ》はものも言はで、涙のこぼるるを紛《まぎ》らはしたる気色、有様、さしもよろづを思しとぢむるきざみにしも、見捨てて帰るべき御心地もせぬぞ、我ながら思ひのほかなる。

心安げなる所からなれば、妻戸をやをらひきて見給ふに、開《あ》きぬ。入り給ひて、中の障子を開け給へるに、皆《みな》あきれたり。奥の方へすべり寄るをひきとめ給へれば、前なりつる人、「これは誰にておはしますぞ。かやうに人のおはしますべき所からにてもはべらず」と、泣きぬべき声にて言ふに、「ここかなふまじくは、具しきこえてこそ出でなめ」とのたまふ御気色、有様のめでたさは、「誰《た》そや」など紛《まが》ふべき人の御さまならねば、嘆く嘆くひき退《の》きて寝ぬ。隔てなううち臥《ふ》して様々語らひ給ふに、あはれにらうたきこと、よそに見つるに千《ち》重《へ》まさりて、限りなき御心ざしなり。女もあさましかりつれど、さばかり世の人の行《ゆ》きずりにも消え惑ひて、思ひきこゆる御人様《ひとざま》の御心をとどめて、契《ちぎ》り語らひ給はんを、あだにやは思ふべき。うち靡《なび》ききこえつつも身の有様を思ひ続くるに、いみじううち泣く。さしも宵《よひ》の間のうたた寝にてのみ出で給ふに、鐘の音うちしきるまで立ち出づべき御心地もせぬままに、

㉟暁の心尽くしもならはぬにいかがはすべき暮れを待つ間も

とのたまへば、

㊱さらでだに憂かりける身に暁の別れの後《のち》をいかに忍ばん

車さし寄せて、ただ率《ゐ》てや往《い》なまし、と思せど、落ち着かん所もにはかに思しもしたためねば、昨夜《よべ》の人にぞ、「いづくへも渡しきこえんほど、なかなか人目しるからぬやうにと思へば、今朝も人も奉るまじきぞ」などのたまふ御気色《けしき》のまばゆければ、あるべかしう御返りもえ聞こえず、ただ承りてゐたり。

一四　男主人公の故式部卿宮の姫君への恋慕

例のやうに、宮の御方へもやがても渡られ給はず、あはれなりつる人の面影《おもかげ》、気配、身を離れぬ心地して心苦し。ほかほかにて一夜も明かせば、ここもまたおぼつかなし。いかさまにも忍びて、片つ方に隠し置かむ、と思す。三位中将おはして、「うたた寝の夢ならぬことも侍りけるは」とて、

㊲珍しやいかなる方に旅寝してあやしき今朝の気色《けしき》なるらむ

と聞こえ給ふ。をかしければ、

㊳「我ながら思はぬほかに旅寝してよそにもげにぞあやしかるらん

風邪《かぜ》が起こりて眠《ねぶ》たきに」とて、例のもろともに隙間《すきま》なう大殿籠《おほとのごも》りて、昼つ方ぞ宮の御方へ渡り給へる。姫君渡しきこえて、戯《たはぶ》れゐ給へるほどなり。六つにぞなり給ふが、御髪《ぐし》も長う、雛《ひひな》のやうにていとうつくし。女はいみじきこともあれど、よしなきことも多かるを、心苦しかるべきことかな、とうちまもりきこえ給ひつつ、もろともに遊びきこえ給ふほどに暮れ行《ゆ》けば、「今宵《こよひ》もま

た、さしたることにて出ではべるぞ。細《こま》かなることども後《のち》にぞ聞こゆべき」とて出で給ふに、殿の御方より、今日、明日かたき御物忌《ものいみ》なるべきよし聞こえ給へるに、『はや出でにけり』と申せ」とて、出で給ひぬるも、我ながらさしもかやうのことも信ずるを、さし当たりて思ふことのなきほどなりけり。我が心の果てもおぼつかなかるべきわざかな、と思す。

十一月《しもつき》の末なれば、夕闇に雪さへかきくれて降るを、うち払ひつつ入り給へれば、ただ昨夜《よべ》のままにてぞありける。「おぼろけならず分け入りつる道の空、目立たしからじとやつしつる狩衣《かりごろも》も、いたう濡《ぬ》れにけりや。かやうの迷ひは身にとりて、おぼえぬことかな」とて、

㊴かくばかり積もれる雪を踏み分けておぼろけにやは思ひ入りつる

と聞こえ給へば、

㊵思ひ侘《わ》び消えなましかば白雪の知らでややまん深き心も

この人召して、明日の夜あるべきことなどのたまはせつつ、「かくは聞こゆれど、さはいかなる人にておはするぞ。女御の御同胞《はらから》などにてものし給ふかと思ひきこゆるは」とのたまへば、「さなんおはします。大納言の君とて候《さぶら》ひ給

ひしを、この女御の御母上の御気色《けしき》を憚《はばか》りきこえさせ給ひて、この御前の生《む》まれさせ給ひけるをも、故宮の人知れず育《はぐく》み生《お》ほして、申し置かせ給ひけるとて、女御の母上亡《う》せさせ給ひて後《のち》、迎へきこえさせ給ひて、姫君一つに住ませきこえさせ給ひしを、去年《こぞ》のこの頃より、煩《わづら》はしきこと出で来はべりて、かく離れたる方になんおはします。斎院へ渡しきこえんとぞはべる」と言ふ。

「采女《うねべ》、*主殿司《とのもりづかさ》までご覧じ過ごさず、隈《くま》なき院の御心地にさぞ思されつらん。さりながら、*三瀬川《みつせがは》は、言ふかひなき身にたぐひ給ふべかりけるこそ」とのたまへば、側《そば》みたるさま、何事もらうたげにあはれなる人様《ひとざま》なり。

ほどなく明《あ》けゆく気色なり。この暮れ、とこそ思すに、いかなるにか心細う名残《なごり》惜しうて、御袖も濡《ぬ》れ行《ゆ》くに、我が下に着給へる白き御単衣《ひとへ》を、「この暮れまでの形見に」とて、着せたてまつり給ひて、女の御単衣の袖の綻《ほころ》びてまとはれ出でたるを取り給ひて、

㊶*小夜《さよ》衣昼間のほどの慰めにかたみに袖を替《か》へつつも見ん

女君、

㊷頼むれど思ひのほかに隔たらばこれやかたみの中の衣手

*主殿司―宮内省に属し、内裏の清掃、燭光、薪炭などの仕事をする職員。

*三瀬川―三途の川の異称。女が死後この川を渡る時、初めて契った男に背負われて渡るという俗信があった。

*「小夜衣」の歌―「かたみ」に「かたみに（互いに）」と「形見」とを掛ける。

かへすがへす暮れを頼めて出で給ひぬ。

一五　男主人公、帰邸

御心鎮《しづ》めて、今朝《けさ》は宮の御方へ急ぎ渡り給ひて、二夜まで思ひのほかなりつる旅寝の怠りなどのたまひきこえ給ひて、もろともにうち臥《ふ》し給ひぬる。昼つけて、三位中将おはして、「昨夜《よべ》はいかに。*雪踏み分けて、小野の里へおはしましたりしか。春の雪だにありけり、いかにしみ凍《こほ》りたりけん。惟喬《これたか》の親王《みこ》は喜び給ひきや」と聞こえ給へば、『*夢かとぞ思ふ』と聞こえしかば、『現《うつつ》よ』とこそのたまひしか」とて、笑ひ給へる御あはひ尽きせず見ゆ。

一六　式部卿宮の姫君、行方不明

さるべき方しつらひ出だして、案内《あむない》すべきやうどものたまひ聞かせて遣《つか》はしつる人、思ふよりもとく帰りて、「昨夜《よべ》の所には人も侍らず。とかく案内《あむない》しは

*雪踏み分けて―『伊勢物語』八十三段の後半部分に、右馬頭が惟喬親王を訪ね、帰り際に「忘れては夢かとぞ思ふ思ひきや雪踏み分けて君を見むとは」とあるのに基づく。ここでは惟喬親王は故式部卿宮の姫君をさす。

*夢かとぞ思ふ……―男主人公と故式部卿宮の姫君との隠れた逢瀬が成立している点から考えて、「夢」「現」の語を取り込んで詠まれた『伊勢物語』六十九段の勅使と斎宮との贈答歌が想起される。それを踏まえて、男主人公が中将に、昨夜は姫君と「夢」「現」の問答をしたのだと語る経緯を考えておく。

べりつれば、下仕《しもづか》へめかしき者のみ会ひはべりて、『そこにおはしましつる人は、この昼ほかへ渡り給ひぬるぞ』と申しはべりつる時に、『いづくにて侍るぞ』と問ひはべりつれば、『いかでか知りたてまつらん。何事もあさひやかなる世ならばや。南無阿弥陀仏《なむあみだぶつ》』と申しはべりつる気色《けしき》、あやしきさまに」など聞こゆるに、何とか言はれ給はん。このことゆゑならんかし。何のしたためなくとも、ただ昨夜《よべ》こそ渡すべかりけれ。なほ日柄《ひがら》など思ひける悔《くや》しさ、を思すに、御胸にあまる心地ぞする。

三位中将入りおはしたるに、頬杖《つらづえ》うちつきて、火をつくづくとながめ給へる御さまあやしうて、まめだちてゐ給へるを、近く呼びきこえ給ひて、例の隔てなく臥《ふ》し給ひつつ、始めよりのこと語りきこえ給ひて、果て果てはいみじう泣き給ひて、ものもえのたまはず、ためらひかね給へる御気色を、いかばかり思しけることぞ、とあさましうかなしうて、もろともに泣きゐ給へり。「なほその念仏申しはべりつらん者にも、尋ねはべらばや」とのたまへど、「あさひか*やかなる御掟《おき》てはよもあらじ。いとどかやうの方のことこそ懲《こ》り果てぬれ。とく大殿《おほとの》へおはせかし。君さへそぞろに」とのたまへど、この御気色の心苦しさ

＊あさひかやかなる—当段の初めの方には「あさひやかなる」とある。「あさひかやかなる」の上の「か」は衍字か。

に、起き出でんことはもの憂く思したれば、あはれにて、「よし、いくほどなからん世は、君とかやうにて過ぐすばかりぞ。慰むこと」とて、我が御心をとかくこしらへ給へれど、『これや形見の』と言ひし面影《おもかげ》、気配を、または見るまじきとやは思ひし、とやらん方なし。珍しう二夜続きたりし御夜離《よが》れに、今日はまた御風邪《かぜ》とて、我が御方に籠《こも》りおはするを、按察使《あぜち》の乳母《めのと》などは、珍しう、と思ひ驚きたり。

一七　男主人公、一品宮に釈明

次の日の昼つけてぞ入りおはしたる。后宮より御文《ふみ》の参りたりける御返りのついでに、御手習《てならひ》しすさみてぞおはしましける。ふと寄りて、書かせ給へるものを取りて見給へば、

㊸*色変はるけしきの森は身一つに秋ならねどもあきや来ぬらん

このほどの気色を思し知るにこそ、とあはれにをかしうて、傍《かたは》らに、

㊹*色深く思ひ染めにし君なればいづれの世にもあきは知らせじ

*「色変はる」の歌—「けしき」には「色変はる気色」と「けしきの森」（大隅国の歌枕）を掛け、下の「あき」にも「秋」と「飽き」とが掛けられている。一品宮はこれ以前（巻二・一二節の歌）にも、「同じくは我先立たむ長らへば変はる心の色を見ぬ間に」と、同じ発想の歌を詠んでいる。

*「色深く」の歌—「あき」に「秋」と「飽き」とが掛けられている。

「このほどのやうは、げに珍しう思し咎《とが》むらんとおぼえはべれば、細《こま》かに有様聞こえさせまほしけれど、果て果ては行方《ゆくへ》知らずなりぬれば、ゆゆしうて言《こと》の葉にもかけまうしや。年の内より行ひ始めはべらんずるを、いかにか人もとりなしきこえさせんと嘆かしけれど、ただそれも、久しう見えたてまつらんと思ひはべるゆゑになん」とて、もののあはれなる折節《をりふし》の御涙は、やがて続きぞ落ちぬる。かきむくる水とかやのやうにおはする人の、いかにぞや、とけがたく見え給ひしも、わりなくあはれにて、とかくをこつりきこえ給ふほどに、中将も参り給へれど、御帳の内にまとはれ臥《ふ》し給へれば、心安くて抜け足して帰りぬ。

一八　故式部卿宮の姫君行方不明の真相

かしこには例の玉鏡に磨《みが》きしつらひて、待ちきこえ給ひける夜のむなしく明けにけるより、ことのやううかがひ見給ひてけり。もとより、心づきなし、と思しける人の上を、なのめに思さんや。さて住みつき給へらんを聞きては、あるべき御心地もせねば、急ぎここを出だしてん、と思すに、侍従を御身に添へては、*水浅みにもこそ、と思して、故宮の御時より候《さぶら》ふ中務《なかつかさ》の大輔といふ男の、侍従を心懸けたるよし聞き置き給ひて、女御の御方へ侍従を召して、「姫君の御方へ夜を経て男を入るるよし聞こし召す。『便《びん》なければつけきこえては悪《あ》しかるべし』とて、しばし人に預けらるるなり」とて、かの男に侍従を賜ふに、喜びをなして、車とり設けて、具して出でぬ。

姫君は聞き給ひて、思ひ敢《あ》へず言ふ方なう思して、ひき被《かづ》きて臥《ふ》し給ひつるに、西京とて大人しやかなる人入り来て、「『これへ男とかや、法師とかや入れ据ゑさせ給ふ』とて、己《おのれ》に預け給はするなり。『侍従つききこえては、なほも悪しきことありなん』とて、人の預かりはべりぬるぞ。したたむべきこと侍らば、あてきにのたまはせよ」と言ひかけて往《い》ぬれど、人にとりておほどかに言ふかひなくおはする心地なれば、何事をいかに、としたたむべき方も思し弁《わきま》へず、御あたりには櫛《くし》の箱、硯《すずり》、箏《しやう》の琴《こと》よりほかにあるものなければ、車寄せて、取り乗せきこえて、*左京とあてきと乗りぬ。

＊水浅み――「池にすむ名ををし鳥の水を浅み隠るとすれどあらはれにけり」（古今集・恋三・六七二・よみ人知らず）に拠る。

＊左京――底本「左京」。直前に「西京」という女房が語られていた点から、「西京」の誤写と考える説もある。

一九　故式部卿宮の姫君、承香殿女御里邸から東山へ転居

板屋のささやかなるが、何のしつらひもなきに降《お》ろしきこえたり。いかにして東《ひむがしやま》山の尼上のもとへ行《ゆ》かん、と仏神を念じゐ給へるに、この西京が持たりける男、「昨夜《よべ》東《あづま》より上《のぼ》りたるよし告げたる」とて、「狭《せば》きほどにいかがすべき。もとおはしましける所はいづくぞ」と問ふ。嬉しくて、「東山といひて、清水《きよみづ》の近かりし」とばかりのたまひて、泣きゐ給へる御さまのいとあはれげなれば、『目放たずまもりきこえよ』とこそ承りしかど、さは、そこへ渡しきこえん。*ていに従ひて、この訪れはべる者に具して、東《あづま》の方へもまかりはべりなばや。年長《た》けぬる身に優しく言ふに、艶《えん》に厳《きび》しき御やうにまじらひはんべるも煩《わづら》はしければ、と思ひ立ちはべるは。ものの聞こえもいかにしはべらんぞ。父にはべりし者、故宮にむつましう思し召されてはべりしゆゑにこそ我らも侍れば、故宮のさしも人知れぬさまに思ひ育《はぐく》みたてまつらせ給ひしかたじけなさを、のたまはするやうにはいかがなしきこえさせん。隠れなき世にて、女御

＊ていー「亭主」の意味と見て、東国から上京した左京の夫と考える説もある。

の御名も立ちぬべし。この下《しも》に侍る者は知りてはべらん。御文を賜はせよ」と言ふ。嬉しさ限りなくて、遣《つか》はしたれば、汚げなき車を御迎へに奉れ給へるは、仏の迎への心地ぞする。この家主《あるじ》が心ざしのあはれさをぞ思す。この日頃涙にまとはれて、行方《ゆくへ》も知らぬ御髪《ぐし》のひまなうかかりつつ、いとうつくしげなる御さまをかき撫《な》できこえて、「待ち見たてまつらせ給はん面目《めんぼく》なさよ」とてうち泣く。いづくにも形見の御単衣《ひとへ》をば身に添へ給へり。

二〇　故式部卿宮の姫君、三輪へ移居

おはし着きたれば、「暁、*三輪なる所へとなん出で立ちはべる。命のとぢめまで今はかしこにと思ひはべれば、*いざさせ給へ。侍従の君、など参りはべらぬ」と聞こえ給へど、ただむせ返りてのたまひやる方なければ、あてきに問へど、夢語りなどをするやうなれど、この女はかの雪の中の御住まひにもつきたてまつりたりし樋洗女《ひすまし》なれば、言ふことのやうなどに心得て、いと心苦しうかなしけれど、「よし、この世はいくほどあるまじきことと思せ。御髪《ぐし》もあまり

*三輪—大和国。
*いざさせ給へ—底本では「いざさせ給へ。侍従の君」が右脇書入になっている。「いざさせ」の部分、「いさらせ」とも「いさゝせ」とも読めるが、意味上、「いさゝせ」と解し、本文をつくった。

かはゆからむほどは、御さまは変はらずとも、ただ後《のち》の世のことをこそ思さめ」など、慰めきこえ給ひて、とり賄《まかな》ひ給へば、はるかにここにては御湯一《ひと》口も参られけり。うち静まれば、二夜の夢の御面影《おもかげ》、気配のみ身に添ひて、この世にはいかでかはまた見たてまつらん、と心細きに、ただありし御単衣《ひとへ》の匂ひの、いまだ変はらぬにつけても、言ひ知らぬ御心地なり。

㊺脱ぎ捨てし小夜《さよ》の衣の匂ひだに命とともに変はらざらなん

かくて、三輪へおはし着きたれば、かいすみていと心細げなり。「＊三輪の社《やしろ》も近し」と聞けば、杉の群立《むらだ》ちなど見わたされて、都はいとど雲居はるかに、御面影も一際《ひときは》隔たり果てぬるぞかし、と心の置かん方なし。

㊻＊三輪の山身はいたづらに朽《く》ちぬともしるしの杉と誰か尋ねん

二一　男主人公の承香殿女御訪問

内大臣《うちのおとど》は、日頃過ぐれど、これやまことの恋の道ならん、と御胸はつと塞《ふた》がりたれど、とかく慰め思しさますぞ、例の人に似ぬ御心様なる。御行ひも年

＊三輪の社―大神《おおみわ》神社。

＊「三輪の山」の歌―「三輪の山しるしの杉は枯れずとも誰かは人の我をたづねん」（古今六帖・第五・人をたづぬ・二九三九）に拠る。

の中よりなるべければ、気疎《けうと》くもの憂ながら、十二月《しはす》の十日余り、すさまじき月夜に承香殿《しょきやうでん》の御里へ赴《おもむ》き給ふにも、まづかきくらさるる心地し給へば、ありし古屋《ふるや》の方をわざと訪《たづ》ねおはして見給へば、軒もいとど埋《うづ》もれふして、人の音もせず、はるばる閉《た》てまはしたり。とばかり立ちやすらひ給ふ。

㊼ありし夜の雪ふる里は埋もれて住みこし人の面影ぞなき*

こぼるる涙をためらひつつ、入りおはしたれば、例の空薫物《そらだきもの》の薫り心にくうくゆり満ちて、冴《さ》えたる月影隈《くま》なうさし入りたるに、御褥《しとね》さし出でたり。近頃はかやうにことごとしきさまにもなかりしを、心づきなさにしなさるるよ、とほほ笑《ゑ》まれ給ひて、用意ことに振る舞ひ給ひつつ、「宵《よひ》の間に明けぬるにや、と過《あやま》たれはべる月影に、いとどまばゆき御もてなしこそ」とのたまへば、宰相の君、「珍しきことは、所違《たが》へにや、とまで疑はれはべりて」と聞こえ伝ふる言葉《ことば》につきて、すべり入り給ひつつ、小さき几帳の際《きは》に寄りて、ひき寄せきこえ給ふに、とのたまはばかく言はん、かくのたまはば、など思し設けける御恨み言《ごと》どもも、例の皆《みな》おぼえ給はで、ただむせ返り給へる御さまの若び給へるも、さし当たりてはをかしからずしもなし。「この世に侍らんことも、むげに

*「ありし夜の」の歌――「雪ふる里」は「雪降る」と「古里」とを掛ける。

*宵の間に明けぬるにや、と過たれはべる月影に――夜が明けていないのに明けたと勘違いされる月の光の状況は、『花桜折る少将』の冒頭と類似する。

残り少なきやうに申し聞かする者の侍るにつきて、しばし籠《こも》りゐはべりて、行ひはべるべきいとま申しになん。大方、世のあぢきなさこれを限りにてもや」など聞こえ給ふには、せきあへずかなしうおぼえ給ふ。

㊽「限りぞと思ひ思ひてたまさかに待ち見るほどぞ置き所なき命長さの例《ためし》は、譲りきこえさせん」とも言ひやり給はず。

㊾思はずになほ長らへば折々に隔て果つべき契《ちぎ》りならぬを祭り、祓《はら》へ、せぬわざわざなくし給へばにや、今宵は鶏《とり》の音《ね》待ちてぞ出で給ひける。ほど経るにつけて御名残《なごり》は言ひ知らず、ただよよとぞ泣きゐ給へる。君は帰り給ふままに、宮の御方へ渡り給ひて、隙間《すきま》なう大殿籠《おほとのごも》れり。ただ今ぞ、雪の中の人の上も語りきこえ給ひける。

二一　男主人公、太政大臣北の方を訪問

日一日こなたに臥《ふ》し暮らし給ひて、またの日ぞ、皇后宮の御方様に、と思して、いたう更《ふ》かさでおはするは、まづ上の御方へなるべし。よろづここにては

隔てなう聞こえ給ひて、「よそながらもおぼつかなからぬほどにはまうでんよ。命閉ぢむべき行ひ、手づからするほどもあはれにて」と聞こえ給へば、

⑩「さりともな人の思ひの方々《かたがた》に君が命に替《か》はらざらめや

いくたりがうちにも入りはべらばや」とて、うち泣き給へるも、偽《いつは》りにしもあらじ、と見ゆ。

⑪「我が身とて惜しむも何のゆゑならん思ふ人をば先立てやせん

とてもかくても、会ふは別れの始めなれば、さてしも果つまじきわざにこそ」とて、うち泣き給ふ。

二三　男主人公、梅壺皇后を訪問

更《ふ》け果ててぞ、例の妻戸のもとへはたたずみ寄り給へる。例よりは心とどめてうち語らひきこえ給ひつつ、鳥の音《ね》、鐘の音《おと》もうちしきるに、端つ方へ誘《いざな》ひきこえ給ひて、妻戸を押し開《あ》け給へれば、入り方《がた》の月隈《くま》なうさし入りたるに、御髪《ぐし》のかかり、分け目、かんざしなどは、わざともめでたう見え給ふに、限り

なく世を、あはれ、と思ひ入り給へる*御気色《けしき》、いみじう心苦し。

(52)きぬぎぬの別れの袖に霜冴《さ》えて心細しや暁の鐘

立ちやらず、やすらひ給ふ。

(53)*とにかくに思ふ心も尽き果てぬこの暁の鐘の響きに

二四　男主人公、加行の準備

この大臣《おとど》の母宮の御同胞《はらから》、中務《なかつかさ》の宮と聞こえしは、やがて院の上にも御同胞ぞかし。御子もおはせぬに、この内大臣《うちのおとど》幼くおはせしを、限りなく愛しきこえ給ひて、二条京極わたり、三町《さんちやう》ばかり占《し》めて、御堂《みだう》、御倉町《みくらまち》広う造り磨《みが》き給へる宮、領じ給ひし所々、御宝物《たからもの》ども、さながらこの殿に奉れ給へりしを、この年頃、なほなほ造り添へ給ひて、御持仏《ぢぶつ》なども気近《けぢか》う、仏の御飾りも世の常ならずしおき給へる所にて、この御行ひはし給ふべく思し設くれど、大臣《おとど》には、十二月《しはす》の二十日に余りてぞ、ただしばしなどやうに異ならず聞こえなし給へど、あな、あさまし、と思し驚かるれど、怖《お》ぢきこえ給ひて、心のま

*御気色―誰の「御気色」か、主人公に解する説と、梅壺皇后に解する説とがある。

*「とにかくに」の歌―「さりともと思ふ心も尽き果てぬ待つ夜更け行く鐘の響きに」（新葉集・恋三・八三三・新宣陽門院）に拠る。

まにも申し給はず。「*元三《ぐわさん》のほどは、これにこそは」などのたまふ御気色《けしき》を、いつまで、とあはれに見きこえ給ふ。
　一品宮《いつぽんのみや》には、「いかなる岩の狭間《はざま》へも侍らんほどは、後《おく》らかしきこえじ、と思ひたてまつれば、閑居の住まひと思ひ置きてはべる所へも、伴はせ給へかし、と思ひはべるを、新しき年ゆゆし、とや院、后宮も思されんとすらん」と聞こえ給へば、「捨て置かれたらんや、忌々《いまいま》しからん」とて、御顔うち赤めて、嬉しげに思されたるも、限りなうあはれに思ひきこえ給ふ。

二五　男主人公の加行

　十二月《しはす》の二十日余りぞ渡りゐ給ふ。三位中将は御身に添ふ影なれば、その御方、心ことにしつらひおき給へり。二十七日よりぞ*三時に行ひ給ふ。*後夜《ごや》起きなどこそいたはしけれ。
　年も暮れ果てぬ。三日のほどは宮と一つ御帳に御座《おまし》を並べて臥《ふ》し給ふ。何事につけても御心ざしのいたり浅からぬを、誰も誰もあはれに嬉しう見きこゆ。

*元三―正月一日から三日までの間。

*三時―三時の勤行のこと。三時には、早朝・日中・日没の昼三時と、初夜・中夜・後夜の夜三時とがある。

*後夜―夜半から朝までの間。またはその間に行う勤行。

*朝拝―元日、大極殿《だいごくでん》に参集した群臣から賀詞を受ける儀式だが、一条朝頃より、清涼殿の東庭で簡略な「小朝拝」が行われるようになった。

*節会―元日に行われる天皇の賜宴。

朝拝*、節会*《せちゑ》などには参り給ひて、大臣《おとど》の御もとへも渡り給ふ。

二六　男主人公、遺児若君に一品宮を与える

まことや、三位中将をば宰相と聞こゆ。中将も本《ほん》のままにかけ給へり。御年増さり給ふにつけて、異人《ことひと》と言ふべくもあらず、内大臣《うちのおとど》の同胞《はらから》は、かくこそは、と見え給ふ。御丈《たけ》立ちも同じほどに、振る舞ひ、用意、有様は、とりも違《たが》へきこえぬばかりまねび似せ給へるを、内裏《うち》わたりの若き人々めできこゆ。大《おほ》殿《との》へは時々出で給ひて、夜昼、ただ内大臣《うちのおとど》の御あたりを離れ給はず、後夜《ごや》起きの御賄《まかな》ひなどまでし給ひて、いづくともなく転《まろ》び臥《ふ》しつつ、御行ひ果てては、やがてもろともに御そばにてのみ明かし給ふを、内大臣《うちのおとど》は、宮の御独り寝をまめやかに心苦しう思して、「何か苦しからん。童《わらは》にてのままにあの御そばに寝給へ」とのたまはすれど、「けしからず」と聞き入れ給はぬを、まめやかにまことしう様々のたまひつつ、とかく導き給ふに、さらでだに下安からず燃えわたる御心の末、後ろめたかりぬべきを、かく賄《まかな》ひきこえ給はむに、さ

ばかりあらむやは。これも逃《のが》れざりける御契《ちぎ》りにこそは。女宮はまして、あさましういみじともおろかなり。ただ一筋に厭《いと》ひ除《の》けんの御計《はか》らひにこそは、と思す恨めしさも、ねたう心憂くて、起きも出でさせ給はず。涙にひちて臥《ふ》し給へるに、大臣《おとど》入りおはして、ほほ笑《ゑ》まれ給へど、「など御心地の悪《あ》しきか。年の初めは言忌《ことい》みして、起きさせ給へ」とて、御衣《ぞ》をひきやり給へば、いよいよ御顔をひき入れて、いみじう泣かせ給ふ。

(54)＊世の常の恨みならばや松山にさも珍しき波を越ゆれば

「かやうの事はつれなしづくりて、ひきこそ隠すならひを」とて、笑ひきこえ給ひつつ、

(55)＊同じえに我が身を分くる松陰を波越す末と恨みざらなん

さりげなうておはしませ。人もあやしう思ひとがめぬべし」など、慰めきこえ給ひて、しひて起こしきこえ、御髪《ぐし》かき撫《な》で、御涙をさへ拭《のご》ひたてまつり給ひて、らうたし、とのみ思ひきこえ給ひつつ、「これも前《さき》の世のことと思せ」など慰めきこえ給へど、思し入りて御答《いら》へもし給はず。

宰相中将《さいしやうのちゆうじやう》は、一方ならぬ心迷ひに、いづくへもあくがれ給はず、我が御

＊「世の常の」の歌―「君をおきてあだし心を我が持たば末の松山波も越えなむ」（古今集・東歌・一〇九三・よみ人知らず）に拠る。第五句「波を」の「を」は「の」の誤りかとする指摘もある。

＊「同じえに」の歌―「え」に「枝」と「縁」とを掛ける。

方にながめおはしけるを、呼びきこえ給へれば、これもいみじう泣き給へりける御顔のしるきを、「なほ我に心を置き給へればこそ」と恨みきこえ給ひ、

56「思へただ導く道に入りなんをあらぬ方には恨むべしやは

今よりもかやうならば、仲違《たが》はん」とのたまふ。

57心ざし世の常ならぬ仲にしも導く方は危《あや》ぶまれつつ

二七　一品宮と遺児若君との関係続行

その後《のち》も、関守*の御心合はせて、折々絶えぬ御仲らひを、宮は口惜しく心憂きことに思し倦《う》むじて、大臣《おとど》にもうららかにも向かひきこえ給はず。恨めしう辛《つら》きことに思したるを、大臣《おとど》はいとものの侘《わ》びしう術《すべ》なう思さる。男の御気色《けしき》もこのことになりぬれば、苦《にが》りてながめうちし給ふも、方々《かたがた》心苦しうせんもなく、さすがにほほ笑《ゑ》まれ給ふ。これもさるべき前世のことにこそはあらめ。我許《われ》さずは、かたみにあるべきことならねば、とあはれにおぼえ給ふ。

*関守の御心合はせて――「人知れぬ我が通ひ路の関守は宵々ごとにうちも寝ななむ」（古今集・恋三・六三二・在原業平、伊勢物語・五段）に拠る。

二八　男主人公、桜花の植樹

二月《きさらぎ》も十日に余りぬれば、こちたき御行ひも残り少なけれど、*薄く濃く匂ひわたる梅《むめ》の立ち枝《え》、*浅緑に靡《なび》き*かかれる柳の気色《けしき》も、はるばる都のほかの心地して見渡さるるに、花の盛り推《お》し量《はか》られて、帰さはもの憂く思さる。吉野の山にも紛《まが》ふばかり、と大きなる山の上に多う掘り植ゑさせ給ふ桜の盛り、いかならむ、と見えたり。

二九　一品宮の懐妊

三月《やよひ》のついたち過ぎては御行ひも果てぬれど、花の盛りまで、とやすらひ給ふに、一品宮《いっぽんのみや》、まめまめしう御心地悪《あ》しうし給ひて、心苦しき御さまなるに、大臣《おとど》は日頃のいぶせさをとり添へて、夜昼一つに添ひ臥《ふ》してのみ明かし暮らし給ふ。この御心地はただにもあらぬ御心地なりけり。折しもこそあれ、一月《むつき》の

*薄く濃く匂ひわたる梅の立ち枝―「梅の花香はことごとに匂はねど薄く濃くこそ色は咲きけれ」（後拾遺集・春上・五四・清原元輔）に拠る。

*浅緑に靡きかかれる柳の気色―「浅緑乱れて靡く青柳の色にぞ春の風も見えける」（後拾遺集・春上・七六・藤原元真）に拠る。

*かかれる―底本「かくれる」とも読める。これまでの諸翻刻の大勢に従い「かゝれる」と見ておく。

頃の波越えし、しわざなるべし。大臣《おとど》も我が過《あやま》ちの心地し給ひながら、もてなし喜び給ふ。十二月《しはす》よりのよしなれど、「*後《のち》の三月《やよひ》は忌《い》むこと」とて、四月に御帯と聞こゆるも便《びん》よし。今は宵《よひ》の間のうたた寝の歩《あり》きだにし給はず、ただ起き臥《ふ》しもろともに過ごし給ふ中にも、雪踏み分けし人のあはればかりは、御心の底に残りけり。殿のひとへに、「今は帰り渡り給へ」とのみ聞こえ給ふ侘《わ》びしさに、日ごとに見参《げざん》とりに渡り給ふを、同じ内にてはなかなかさなき日もありしに、御心ゆきて待ち見たてまつり給ふさま、あはれなり。

三〇　遺児若君の苦悩

宰相中将《さいしやうのちゆうじやう》は渡るとなしに*、悔《くや》しきまで御心に離れねど、このほどの御仲らひのひまなさには、心の内まで空恐ろしうて、心づくろひせられ給ふ。大臣《おとど》のおはする、とおぼえて、参り給へる昼つ方、近く人も候《さぶら》はず。御几帳の内をさしのぞき給へば、藤襲《がさね》の御衣《ぞ》に生絹《すずし》の御単衣《ひとへ》を引き出だして、御顔におほひて、大殿籠《おほとのごも》りたるをひきやりて、我が御顔を当てていみじう泣き給ふに、

*後の三月—閏三月。

*渡るとなしに—「よそにのみ聞かましものを音羽川渡るとなしに見なれそめけむ」（古今集・恋五・七四九・藤原兼輔）に拠る。

*「方々の」の歌――「今さらに憂きは憂しとて驚くも世のことわりを知らぬなりけり」（新千載集・雑下・二〇二七・宣光門院五条）に拠る。

驚かせ給ひて、いとあさまし、と思されたるも恨めしうて、

⑱「数ならぬ我が身の憂さぞ知られける人とひまなき仲を見るにも

ことわり知らぬものの、恨めしう」とて、むせ返り給ふに、

⑲*方々《かたがた》の契《ちぎ》りぞ辛《つら》き一筋に憂きを憂しとて忘られればこそ

とのたまはするに、いとどせきかね給ふほどに、人参れば、やがて出で給ふ。道に大臣《おとど》の御車あひ給へれば、やがて乗り移しきこえ給ひて、「などいたう御心置き給へる御気色《けしき》ぞ。人の御心も知らず、これこれと進まんもをこがましければ、導ききこえぬは。うららかにやはのたまはぬ」と笑ひ給へば、「かの御心ゆかず、あまり憎ませ給へば、かたはらいたうはべり」とて、例の伏し目になり給ひぬ。

三二　一品宮の出産近づく

かやうにて夏も過ぎ、秋にもなりぬれば、宮の御心地あつかはしう、露の起き臥《ふ》し消え返りつつ苦しうし給ふに、誰も誰も御心を惑はしたり。御祈り今も

今もこちたう始まる。大臣《おとど》の少しも立ち去り給ふをば、心細げにまとはしきこえ給へば、いとあはれに古《いにしへ》には千重《ちへ》まさりて、いかにせん、とのみ思ひきこえ給へるに、かく弱々しげにものし給へば、心苦しなども言はん方なし。

三二　男主人公、姫君とともに合奏

姫君を恋しげに思ひきこえ給へれば、渡したてまつり給へり。「今少しものの心知り給ふまでも添ひきこゆまじかりけるよ」とて、いみじう泣かせ給へば、涙をこぼして側《そば》み給へるに、居丈《たけ》ばかりなる御髪《ぐし》のこぼれかかれるさま、言ひ知らず。大臣《おとど》もうち泣き給ひつつ、「ゆゆしう」と言忌《ことい》みし給ふものから、かくのみ心細う思したるを、いかならん、と御胸塞《ふた》がりたり。姫君に琴《きん》の御琴《こと》弾《ひ》かせたてまつりて、「この御こと過ぎなば、前斎宮渡しきこえて、今はすぐに習はせきこえん」などのたまふ。母宮も今日は少し御心地のひまなれば、箏《しやう》の琴《こと》、わざとならず弾きすさませ給ふ。八月十日頃の夕べのほどなれば、荻*の上風もはだ寒く、萩の下露も所からは磨《みが》ける玉と置きわたして、虫の声々乱れ

*荻の上風―「秋はなほ夕まぐれこそただならぬ荻の上風萩の下露」（和漢朗詠集・上・秋興・義孝少将）に拠る。

合ひたるに、琵琶を弾き給ひて、宰相中将《さいしやうのちゆうじやう》尋ねきこえ給ふ折節《をりふし》、笛を同じ声に吹き合はせつつ参り給へり。「尋ねきこえたれば、耳の早さ」とて、見合ひきこえ給ひぬる御気色《けしき》のかひがひしげさは、尽きせぬ御仲らひなり。姫君の御琴《こと》のこれほどになりにけるを、誰も驚き愛しきこえ給ふ。琵琶をば大納言の君に譲り給ひて、「*野原、篠原」など唱《うた》ひ給ふ御声、今更ならぬことなれど、いかにかくとり集めたる御さまならん、と前《さき》の世ゆかしく推《お》し量《はか》られ給ふ。月のはなやかにさし出でたるに、女郎花《おみなへし》に紫苑《しをん》色の小袿《こうちき》奉りたる宮の御さま、懐《なつ》かしうなまめき、気《け》高う見えさせ給ふに、姫君の雛《ひひな》のやうにて、琴《きん》の御琴《こと》弾かせ給へる御姿、絵に描《か》かまほしう見ゆるに、中将、

(60) *末遠き松に吹き寄る秋風は雲居に近き調べなりけり

口ずさみて、高欄に寄りゐ給へる月影の用意、もてなし、いみじう艶《えん》なり。

(61) 思ふどち行く末遠き松風にのどけき秋の月をながめん

宮、

(62) 誰もさぞ千歳の秋は過ごすとも我ぞ*草□の露を争ふ

御心地のひまには、かやうに*たたまく惜しき遊びにて、明かし暮らし給ふ。

*野原、篠原―「更衣《ころもがへ》せんや　さきむだちや　わが衣は　野原篠原　萩の花摺や　さきむだちや」（催馬楽・律・更衣）。

*「末遠き」の歌―「琴の音《ね》に峰の松風通ふらしいづれの緒より調べそめけん」（拾遺集・雑上・四五一・斎宮女御）に拠る。

*草□―□の部分、底本虫損。文脈から「葉」を想定した。

*たたまく惜しき―「思ふどちまとゐせる夜は唐錦たたまく惜しきものにぞありける」（古今集・雑上・八六四・よみ人知らず）に拠る。

三三　一品宮の男主人公への恨み言

「修法《ずほふ》、読経《どきやう》」とののしれど、八月もつれなうて過ぎぬ。さればよ、と宮は心憂く思し知らるれど、先にも一月《ひとつき》は過ぎ給ひしかば、思ひとがむべき人なし。長らへんことかたくのみ思さるるにつけても、憂き瀬まじらずは、先立たんにつけて、思ふやうならまし、と*身の契《ちぎ》りをばかへりみず、ただこの一節《ひとふし》をのみ大臣《おとど》にも残る恨みに聞こえ給ひて、いみじう泣き給へば、苦々《にがにが》しうなりて、

(63)「*我が頼む神も三笠の山なれば思ふ心は空に知るらん

幾度《いくたび》も同じことを聞こえさするかひなう。よし、今は忘れさせ給へ。これより後《のち》は御心ぞ」と聞こえ給ふ。

(64)心をも身をも分けじと思ひしに何とてかかる契りなりけむ

*身の契り――中将との一件を除けば、まことに理想的であった、内大臣との夫婦仲。あるいは、すべてが前世からの因縁だということ。双方の可能性が考えられる。

*「我が頼む」の歌――「三笠の山」には、男主人公の信仰対象である春日大社と、信頼している遺児若君が中将であることから、近衛の異名である「三笠の山」とを掛けている。

三四　一品宮、若君出産

十日余りのほどぞ、その御気色《けしき》ありて、かねての心細さには違《たが》ひて、いと平らかに男にて生《む》まれ給ひぬ。嬉しなどは世の常のことをこそ言へ、内大臣《うちのおとど》の御心の内、言へばさらなり。后宮もかねてはおはしますべく聞こえしかど、とりあへぬ御さまに、今はまた心安き御ことなれば、さて過ぎぬ。

三五　一品宮、急逝

御湯殿の儀式、何事も何事も宮たち同じことにもてなしきこえ給ひつつ、五夜、七夜の御遊び何やかや、いしいし思ふさまにめでたくて、九月《ながつき》も二十日になりぬる宵《よひ》のほど、にはかに御胸をせきあげて惑ひ給ふ。大臣《おとど》心を惑はして、抱《かか》へたてまつり給へる御膝《ひざ》を枕にて、少し鎮《しづ》まりて寝入り給ふと思すほどに、御息ぞ絶えぬる。ともかくも言《こと》の葉の及ばん方なし。「今一度、目をだに見合はせ給へ」と、つととらへきこえ給へれど、時も移るまでかひなし。日頃候《さぶら》ひつる僧どもも出でにしを、尋ね召し集むれど、何の験《げん》かはしるしあらん。大臣《おとど》はそのままに同じさまにて臥《ふ》し給へるを、例の殿はいと忌々《いまいま》しく思して、とかく聞こえ給へど、ことのよろしき折や、親の*諫《いさ》め□かなふらん。*明けぬ□も夢の内ながら、またその日も暮れ行《ゆ》けば、力なきならひにて、例の作法に、白河の御堂《みだう》へ送りたてまつる。

院、后宮の御嘆き、おろかならむやは。中にも后宮は、おぼつかなう恋しげに思ひきこえ給へる御消息《せうそこ》のみ参りけるを、つひにいぶせながら過ぎぬることを思し入りて、御位をもすべり、御さまをも変へんと聞こえさせ給ふを、院はよろづにすぐれて思し嘆きて、この御思ひ少しもよろしく思しなるべき御祈りをさへせさせ給ふをぞ、世の人は笑ひきこえける。

大方、大空は暮れ塞《ふた》がりたる心地して、内大臣《うちのおとど》の御思ひのみぞやらん方なき。宰相中将《さいしやうのちゆうじやう》はこの御ことはさることにて、この御さまの心苦しさを思すに、「中宮の御あたり、むげに人なし」とて、出だしきこえ給へども、見捨てたてまつるべき心地もし給はねば、なほ出で給はずなりぬ。「姫君には御服《ぶく》も召させじ」と、殿ののたまはすれば、わが御身のみ殿には隠しきこえ給ひて、黒く染め給へり。

⑥⑤ *着てもみぬふぢの衣の袂《たもと》にぞ涙の色の深さをも知る

*諫め□―□の部分、底本虫損。文脈から「も」を想定しておく。

*明けぬ□も―□の部分、判読不能。文脈から「る」を想定しておく。

*「着てもみぬ」の歌―「ふぢの衣」は「藤の衣」（喪服）に「淵」を掛ける。

宰相中将《さいしやうのちゆうじやう》は大臣《おとど》の御有様の心苦しさに、初めはただあきれたるやうに、また異事《ことごと》もおぼえ給はざりしが、心鎮《しづ》まるままに、はかなかりし*春の夜の夢の浮橋の、あり経ば思ひ合はするひまもやと頼まれしを、やがて途絶え果てぬる契《ちぎ》りのあへなさ。「忘られればこそ」とのたまひし御言《こと》の葉ばかりや、この世の思ひいでならむ、と思すに、大方のあはればかりだにあるを、さすがわくる下の御嘆き添ひて、言ふ限りぞなきや。

(66)思へども思ひてもなき契りゆゑ心に深くものぞかなしき

まいて内大臣《うちのおとど》は、*時しもあれ、秋の末葉の風の音《おと》、虫の音《ね》、ものごとに涙を催しつつ、我ながらかばかりまで呆《ほ》れ惑ひ、言ふかひなかるべきか。さるは、初めて身に来《きた》れる嘆き、世のならひなども思はぬものを、かくやは弱々しかるべき、と思ひさまし給ふにつけて、

(67)「月をだに更《ふ》くるまでやはながめしに寝ぬ夜な夜なの積もりぬるかな

*泉下に故人多し」と独りごちて、鼻うちかみ給ふ御気色《けしき》、かからん人に嘆かれて、死なん命こそ惜しからね、と思ふ人々多かり。宰相中将《さいしやうのちゆうじやう》、

(68)夜もすがら行ふ法《のり》の光には闇をもいかが晴るけざるべき

＊春の夜の夢の浮橋―「春の夜の夢の浮橋とだえして峰に別るる横雲の空」（新古今集・春上・三八・藤原定家）に拠る。

＊時しもあれ―「時しもあれ秋しも人の別るればいとど袂ぞ露けかりける」（拾遺集・別・三〇八・よみ人知らず）に拠る。

＊泉下に故人多し―「長夜ニ君先ヅ去ル　残年我幾何《いくそばく》ゾ　秋ノ風ニ襟ニ満テル涙　泉下ニ故人多シ」（和漢朗詠集・下・懐旧・白楽天）に拠る。

何事につけても、この君のなからましかば、と頼もしうあはれに思ひかはし給へるたがひの御心ざし、月日に添へて、ことの折節《をりふし》ごとには色添ふべかめり。

三七　中宮の弔問

冬の初めになりぬる日、中宮の御方より、
⑲別れにし秋さへくれていかばかり涙の露に時雨《しぐれ》添ふらん
このこと思ひ出できこえ給ふばかりぞ、この世にとまる心地して、涙もいとど流し添へ給ふ。
⑳かきくらす袖の時雨の絶え間には雲居の空をながめやりつつ

三八　男主人公、一品宮を肖像画と遺詠で回想

絵を描《か》き給ふこと人にすぐれたれば、せめての恋しさに昔の御面影《おもかげ》を写しつつ、とかく描きて慰み給ふに、ことにただ向かひきこえたるやうなるを、本尊

にし給ひて、阿弥陀仏《あみだぼとけ》に並べて、夜の御帳に懸《か》け給へり。
常にもの書き給ひし御硯《すずり》の中に、白き薄様の結ばれたるがほどけたるを取りて見給へば、后宮の御文《ふみ》なり。「渡り給ふべかりけるを、思ひあへぬほどに、心落ちゐはべりぬれば、今は珍しき人の御渡りをこそ」などある奥に、

71 *親を思ふ心の闇のさかさまに我のみ恋ひて惑ふべきかな

72 方々《かたがた》にこの世にとまる心こそ死出の山路の惑ひなるらめ

とあるを見給ふに、せきやるかたなう流し給ふ御涙に墨も消えぬべければ、押し巻きて置き給ふ。

三九　女房たちの悲嘆

近く候《さぶら》ひし人々、我も我もと世を背《そむ》くべきいとま申せども、「形見のなきにもあらず、*一念発起菩提心《ぼだいしん》とか、まことに*いみじかむなれど、残り給へる方々《かたがた》にこそは候はめ」とて、皆《みな》とどめさせ給ひて、ただ按察使《あぜち》の乳母《めのと》、また大人しき六、七人ばかりぞ、さま変へて、この御形代《かたしろ》に朝夕候ひける。按察使の乳母《めのと》

*「親を思ふ」の歌―「人の親の心は闇にあらねども子を思ふ道に惑ひぬるかな」（後撰集・雑一・一一〇二・藤原兼輔）に拠る。

*一念発起菩提心―阿弥陀仏を信じて念仏しようと思い立つこと。

*いみじかむなれど―「いみしうむなれと」とも読めるが、意味上、また諸翻刻の大勢に鑑みて、「いみしかむなれと」と解した。

の女《むすめ》、大納言の君とて、とりわき思したりしは、姫君につけきこえ給ふに、あらはれ給ふほど、仏の飾り、七日七日の御仏事にとまる御嘆きの深さ、惜しう新しき御身のほどをも、鉦《かね》打ち鳴らして言ひ続けつれば、一際《ひときは》あはれもかなしさも、涙尽き果てぬる心地しながら、ほどなく月日は過ぎ行《ゆ》く。

四〇　一品宮の供養

内の上の御いたはしさにや、院、后宮よりは御とぶらひばかり様々にて、その御法事などいふことはわざとなければ、ただ内大臣《うちのおとど》のみぞいたらぬ隈《くま》なく思し掟《おき》てける。御法事は、宰相中将《さいしやうのちゆうじやう》仕《つか》まつり給ふ。舅《しうと》の大臣《おとど》の御沙汰にて、いかめしう掟て給ふ。*曼荼羅供《まんだらく》にてぞありける。とりわき上の御心ざしにて、僧の装束、*金《かね》の打枝《うちえだ》の数珠《ずず》どもなど心ことにて、

(73)頼もしや嘆く涙のたまゆらも光を磨《みが》くしるべなるらん

白き薄様の端に書きて、打枝に押しつけ給へり。御返し、

(74)思ひやる心の末のあらはれてこのたまゆらや光添ふらん

*曼荼羅供―密教における法会。
*金の打枝―金属を打って作った造花の枝。そこに数珠があしらわれている。

*七僧の法会―七人の僧によって行われる大法会。

皇后宮、承香殿《しょきやうでん》などよりも、かやうの御とぶらひども、様々御心を尽くしてあるべかんめれど、同じことなればとどめつ。御四十九日には、七僧の法会*など、かくてしもやんごとなき御さまにて、はかなう過ぎぬ。

四一　男主人公と故帥宮の姫君との出会い

いとど名残《なごり》なく心細う、置き所なき内大臣《うちのおとど》の御心の内なるを、今宵《こよひ》はことさらこなたへ渡り給ふべく、殿のしひて聞こえ給へば、渡り給へり。例のいろくづどもとり並べたる御物《おもの》参り据ゑて、今宵はこれにとまらせ給ふべく聞こえ給へば、参るよしに紛《まぎ》らはして、更《ふ》くるまで候《さぶら》ひ給ひつつ、御方しつらはれたるに、うち休みにおはしたれば、上白き蘇芳《すはう》の衣《きぬ》に、黄なる菊の小袿《こうちき》着たる人のいとうつくしけなるぞゐたる。覚えなう、所違《たが》へから、と思して立ち給へるに、殿の宣旨にて、大人しき人参りて、「『今宵《こよひ》、女房のそばにおはしまさぬは忌《い》むこと』とて、もと時々も参りける人々を催させ給へども、一人として『我参らん』と申す人も侍らぬほどに、このほど、中宮の御方に故帥宮《そちのみや》の姫君とて候《さぶら》ひ給ふを、『何の心もおはしまさじ』とて、迎へきこえ給へる」と申せば、うちほほ笑《え》み給ひて、「ゆゆしき不祥にあひ給へる人にこそ。なきことをだにあるべかしくとりなす世の中に、急ぎ帰し渡したてまつれ。何とこれはもて扱はせ給ふやらん。いづくの岩の狭間《はざま》にも行《い》き巡りてあらんを、ゆゆしきこと思せかし」とて、うち泣かせ給ひぬるに、苦々《にがにが》しくなりて、「さらば、げにも。*いざさせ給へ」とて、ひき立てて行《い》くに、「*一つ木陰に宿るだに、さるべき契《ちぎ》りにこそはべるなれ。この頃過ぐるまで長らふる命ならば、必ず聞こえん。思し忘るなよ」とて、さすがにさし寄りてうちまぼり給ふ。うつくしげに優《いう》なる景気《けいき》して、世の常の心ならば、などかさても見ざらん、とおぼえ給へば、髪などかきやりて、

(75)草がれにしほるる我が身長らへば巡りも合はん冬の夜の月

のどやかにうち言ひ捨て給へる御気色《けしき》、何の心も知らぬ人なれど、身にしむばかりぞおぼえ給ふべき。

＊いざさせ給へ——底本「いさらせ」とも「いさゝせ」とも読めるが、意味上、「いさゝせ」と解し、本文をつくった。

＊一つ木陰に宿る——『説法明眼論』に「宿ﾘ二一樹ﾉ下一ﾆ、汲ﾑ二一河ﾉ流一ﾚｦ……皆是先世ﾉ結縁ﾅﾘ」とあり、ここから出た語句。

四二　男主人公の姫君の手習歌

この人帰りぬれば、火をつくづくとながめておはす。ここはまた二所《ふたところ》住み給ひし所なれば、御面影《おもかげ》もいとど先立つ心地して、つくづくと泣きゐ給へるに、「姫君の、『一所《ひとところ》渡らせ給ふらん。御伽《とぎ》せん』とて泣かせ給へばなん」とて、具しきこえたり。「御手習《てならひ》せさせ給へる」とて、乳母《めのと》のさし出でたるを御覧ずれば、

76恋ひわびて帰りやすると待ちしかどさもあらでこそ日数経にけれ

77*ははそはら散るは憂き世のならひにてとまる嘆きの色ぞかなしき

乳母もいみじう泣く。君もとばかりためらひかね給ふ。

78「*色深きなげきのもとも慰むはまつにかひある君が行く末

思ふともかひあるまじ。習ひ給ひしほどを読み給はば、待ち喜び給ふらんと思せ」など、慰めきこえ給ひつつ、帰し渡したてまつりても、名残《なごり》いと寂し。

*「ははそはら」の歌――「柞原」に「母」を掛ける。

*「色深き」の歌――「なげき」は「嘆き」に「投げ木」を掛け、「木の下《もと》」を響かせ、「まつ」は「待つ」に「松」を掛ける。

四三　男主人公、遺児若君に故帥宮の姫君の件を報告

いかさまにも紛《まぎ》れなう、かれにてしばし行ひて、世をも身をも試みん、と案じゐ給へる暁方、宰相中将《さいしやうのちゆうじやう》入りおはしたり。「心づきなや。かしこにもいかに思すらん。明《あ》けてもおはせで」とのたまへば、「一所《ひとところ》おはしますらんと思ひやり聞こゆるよりほかは、いづくにも心*がとまりはべらぬ」とて、うち泣き給ふに、ありつる人のし据ゑられて、すごく帰りぬる有様語り給ひてぞ、誰もうち笑ひ給ひぬる。「いかにも思ふ心ありげに、優《いう》に悪《あ》しからざりつるぞ。言ひ寄り給へよ」と例の聞こえつけ給ふ。なほ世の中に立ち巡りあるべき御心地もし給はず、いつほどに忘れ草も生ふるやらん。なほなほ閑居を占《し》めて、ただ籠《こも》りゐて行はん、と思すに、当職の御身にてはあるべきことならねば、官《つかさ》をも返したてまつらん、と思す。

＊心がとまりはべらぬ―「心が」の「が」は落ち着かず、「の」または「は」の誤りである可能性も考慮されている。

四四　男主人公、中宮を訪問

「*嘆きに代はるべし」と聞きし命なればにや、今日までは嬉しげもなく、あるにもあらず、悲しきことの極《きは》めは身一つに出で来そめたる心地こそすれ、とよろづを思し続くるには、中宮の、恋しくおぼつかなくおぼえさせ給へば、参り給へるに、帝をはじめたてまつりて、珍しう待ち喜びきこえさせ給ふ。百敷《ももしき》の内の高き卑《いや》しき、ゆゆしきまで涙を拭《のご》ひて見たてまつる。ことのほか面《おも》やせ給へるしも、今少し似るものなき光添ひて、言ふ限りぞなきや。御直衣《なほし》、指貫《さしぬき》の色もわざと薄く、匂ひなきやうにしなされたるに、*香染《かう》めの御単衣《ひとへ》さめ果てたれど、花を折りたらんよりも懐《なつ》かしううつくしげに着なし給へり。

まづ中宮の御方へ参り給へれば、小さき御几帳も押しやられて、青きより濃く匂ひたる紅葉の御衣《ぞ》どもに、白菊の御小袿《こうちき》奉りたるうつくしさ、闇にくれ惑ひたりつる御心地に、朝日の光などを見つけたらんやうに、珍しく見きこえ給ふにも、涙はこぼれ給ひぬ。この御前にてぞ、様々思し立つ籠居《こもりゐ》のやうを

*「嘆きに代はるべし」―命が助かる代わりに大きな嘆きがあると予言した聖の言葉を指す→巻二・一一節参照。同・一二節にも聖の予言を「嘆きに代はる」と表したところがある。

*香染め―丁字の煮汁で染めたもので、黄味を帯びた薄紅色。仏事関係の衣服などに用いられる。

も細《こま》かに聞こえ給ふに、今はやうやういぶせさも晴れゆく御心地なりつるに、心細さもせん方なう思されて、いみじううち泣かせ給ふも、いとあはれなり。

(79)「沈むとも同じ世にだに長らへばなほ行く末は久しかるべし

かやうに思ひ立ちはべるも、ただ久しく御覧ぜられ、宮仕ひはべらんゆゑになん」

(80)行く末も久しかるべし今もなほ途絶えな果てそ雲のかけ橋

四五　故帥宮の姫君の男主人公への思い

尽きすべうもなき御名残《なごり》なれど、方々《かたがた》参り歩《あり》き給ふべければ、立ち給ひぬる名残まで身にしむ心地する人々多かる中に、かの帥宮《そちのみや》御女《むすめ》、「御参り」と聞くより、何となう胸うち騒ぎて、急ぎ隠れぬるものから、几帳のほころびより見きこえ給ふに、とかく思ひ分く方はなけれど、涙のこぼれて、我ながらあやしう思ひ知られ給ふ。

(81)草がれの嵐の末の言《こと》の葉を我が身にしむるほどぞはかなき

四六　男主人公、朱雀院を訪問

院へ参り給へれば、御覧じつくるより、え忍びあへぬ御気色《けしき》にて、のたまはせやりたる方もなし。まいて吹く風にももろき大臣《おとど》の御涙は、包みもあへ給はず。袖のしがらみせきかね給へる御さまの、面《おも》やせ細り給へるしも、いよいよなまめかしう、薫り心恥づかしう、似るものなき御有様をよそに見なさん惜しさも、限りなう思さる。

四七　男主人公、皇太后宮と対面

后宮の御方に参り給へれば、例の御几帳の隔て木《こ》深うて、御衣《ぞ》の裾《すそ》ばかりほのかなるも今更ならぬことさへ恨めしうて、「世に立ちまうべき身とも思ひ給へざりしかど、つれなき命の残り侍りて」とも言ひやり給はず、おし拭《のご》ひ隠し給ふに、こぼれ続く御気色《けしき》を、まいて后宮はよろしう思されんやは。「ことわりなき別れに惑ひつつ過ごし侍る心の内は、今も現《うつつ》とも思ひ分かれはべらず」とて、むせ返らせ給ふ御気配は、ただ昔の人のなほ限りなきにてぞおはします。ありし御手習《てならひ》を御几帳の端《つま》より差し入れ給ひて、「かかるものの硯《すずり》の中に侍りしを、御覧ぜさせはべらんとてなん」とのたまふを、取らせ給ひて、とばかりものも仰《おほ》せられず、せきやらぬ御気色《けしき》を、さこそはさすがに思さるらめ、といとど催されてためらひかね給へり。

四八　男主人公、官職を返上

「いかさまにも、なほ現《うつ》しざまにてはべるべき心地もしはべらねば、官《つかさ》をも返したてまつりて、しばし心の鎮《しづ》まらんほどとなん思ひ給ふる」など聞こえ給ふほどに、院入らせ給ふ音すれば、急ぎ御道へ参り合ひ給ひて、まかり申しして出で給ひにし後《のち》、いよいよ世の中もの憂くのみ思されて、御消息《せうそこ》にても、宰《さい》相中将《しやうのちゆうじやう》しても、様々殿にこしらへ申し給ふを、世の御後見《うしろみ》をだに今は譲りきこえん、と思さるる御心地に、あまりといへばかかることをさへのたまふ御心騒ぎ、おろかならんやは。恨めしうあるまじきことに聞こえ返し給へど、げにげにしう聞こえ給ふことをば、え否《いな》びきこえ給はぬならひになりおきにければ、力なきことにて、宰相中将を中納言になしきこえ給ひて、大将を譲りきこえ給ふ。太政大臣《おほきおとど》の右大将、左にわたりて内大臣になり給ひぬ。思ひのほかなることなり。院にも、内にも、たびたびあるまじきことに返さひ仰せらるれど、かひなし。今はさりとも、と過ぐる日数を数《かぞ》へ給ひつる心尽くしの人々の御心の内ども、いと心細し。

四九　遺児若君と故帥宮の姫君との関係

かの帥宮《そちのみや》の姫君も、よそながら見たてまつらんことを待たるるやうに思しけるに、かく絶え籠《こも》り給ひぬるを聞き給ふは、ものあはれなるに、月待つ宵の*たどたどしき紛《まぎ》れに、大将の君ぞ立ち寄り給へる。「大臣《おとど》の御消息《せうそこ》になん。聞こゆべきこと」とあるも、胸うち騒ぎて、小宰相といふを出だし給へれば、心あり顔なるべきにはあらねど、「うち放ちにもいかが」と気色ばみ給ふに、「人

*月待つ宵のたどたどしき紛れに――「夕闇は道たどたどし月待ちて帰れ我がせこその間にも見ん」（古今六帖・第一・ゆふやみ・三七一・大宅娘女）に拠る。

にこそよれ。並々なるべき御人様《ひとざま》には」など、御乳母《めのと》めかしき人も聞こゆれば、いとつつましけれど、今はかやうになり行《ゆ》くべき身にこそは、と思して、初々《うひうひ》しけれど、やをらすべり寄り給ふ御気色《けしき》、心憎げによしあれば、心づくろひせられて、「さてもよしなき御濡《ぬ》れ衣《ぎぬ》にや、とあわたたしうはべりし御名残《なごり》も、一日《ひとひ》参りてはべりしついでに申し入れたうはべりしかど、匆々《そうそう》なる折節《をりふし》にてなん。しばしは世にもまじらひはべらず、籠《こも》り居はべるべきを。なにがしは身を分けたる者にてはべり。疎《うと》く思し召さるまじくなん」と気色ばみて、さして御ことづけにてもあらぬにや、と興なき御心地なれど、げにも同じ者のやうなる御気配はしも懐《なつ》かしうて、「いさや、雲居の空もいまだ初々しうはべるほどに、かやうの御あしらひも、何と聞こゆべき言《こと》の葉もおぼえはべらぬ。計《はか》らひてこそきこえさせ給はめ」とのたまふ。貴《あて》に優《いう》なる気配なり。「今は御代はりにてはべれば、御返りはのどかのこと。かまへて疎《うと》からず思されよかし」とて、すべり入り給ひてけり。覚えなうつつましけれど、かかやかしからずもてつけて、目安き人の御さまなり。

あまり隔てなきまでは、つつましう侘《わ》びしげに思ひたれば、心苦しうて細《こま》やかに語らひおきて、出で給ひぬ。*寝待ちの月も澄み昇《のぼ》るまでになりにけり。「凍《し》み氷りたる心地して、いとこそ堪へがたけれ。なほ、今宵《こよひ》は御宿直《とのゐ》すべかりけるものを」とやすらひて、

(82)「立ち出でん方ぞ知られぬ冬の空霜夜の月は袖に冴《さ》えつつ

せめて御心に従ひはべりて、まかり*出でぬ□をも思し知らせ給ふや」など、細やかに語らひ給ふにも、かの「巡り合はん」と頼め給ひし御気配のみ、まづは。

(83)立ちなれぬ雲居の空の心地して影ももの憂き冬の夜の空

御心にとまりつつ、その後《のち》もとかく言ひ寄り給ふに、さてしも果てずなりにけり。あながちなるまでにはあらねど、情けなからぬほどにかかづらひ給ふに、女は、「*長らへば」のなほざりの御言《こと》の葉をこそ、いつの世までも、と思しわたりけるに、人の御心の果ても知らず、宮の御前まで気色知らせ給ひぬるも、いと侘びしう嘆きわたり給ふ。

*寝待ちの月—陰暦十九日の月。

*出でぬ□—底本□は虫損。□の箇所を「る」と想定しておく。

*「長らへば」—巻二・四一節の男主人公の歌(75)による言葉。

*はじ□—底本□は虫損。□の箇所を「め」と想定しておく。

*豊明の節会—新嘗祭《にいなめさい》の翌日（陰暦十一月の中の辰《たつ》の日）に宮中で行われる宴。

*「曇りなき」の歌—「ひかげ」に「日影」と、節会の折に冠に垂らす「日影の蔓《かづら》」とを掛ける。

*後夜—巻二・二五節（八三頁）参照。

五〇　男主人公、再度の加行

世の中には五節《せち》など言ひて、舞ひそぼるるも、院、内、殿をはじ*□たてまつりて、光なうもの憂げなる年なり。みづからは閑居を占《し》めたる御住まひ、いと思ふさまに思しつつ、今ぞまた、加行《けぎやう》始め給ふ。先に心細げに思いたりし御気色《けしき》、よろづかき連ね思し続けられて、

(84) 波越ゆと恨みしものを三瀬川《みつせがは》いかなる水に袖濡《ぬ》らすらん

つくづくとのみながめおはする暁方、*豊明《とよのあかり》の節会《せちゑ》の夜《よ》なりけり。大将の君、果つるや遅きと、これへ出で給へれば、さすが世のことども問ひきこえ給ふ。

(85)「*曇りなき豊明のひかげにも立ちまふ空もおぼほえばこそ

*後夜《ごや》の御行ひ果ててはべりぬらん。大殿籠《おほとのごも》れかし」とて、まつはれゐ給へば、これももろともに臥《ふ》し給ふ。

(86)「袖かはす契《ちぎ》りも今は絶え果てぬかたしき衣君だにもとへ

あり経ば、げにいかなる心か出で来んずらん。今は世の中なん思ひ切りぬる。

ただ大臣《おとど》のおはせんほど、命絶えぬとは聞かれたてまつらじと思ふばかり」とのたまふ。

五一　男主人公、故式部卿宮の姫君を回想

年も暮れ方になりもてゆく。雪かきくらし、荒れたる空の気色《けしき》につけては、去年《こぞ》迷はかしてし雪の内の面影《おもかげ》も思し出でらる。常に夢に見ゆるが、それも今は世になき人のさまなるは、いかなるにか。まさる御もの嘆きに紛《まぎ》れ過ごし給ひしかど、つくづくかき連ね思し出づることの数には、いとあはれなり。

五二　后宮、一品宮所生の若君を養子に

后宮もありし御手習《てならひ》の後《のち》は、いとど世を、憂し、と思し取りて、やうやう、逃《のが》れ出でん、と思せば、后の位をも厭《いと》ひ棄《す》てさせ給ひて、女院とぞ聞こゆる。「姫君を迎へきこえ給ひて、御形見とも添ひきこえん」とのたまはすれど、

祖父《おほぢ》大臣《おとど》、宮などは放ちきこえ給はねば、若君を迎へきこえさせ給ふ。内《うちの》大臣《おとど》の承りて、年の中に渡しきこえ給ふ。姫君は御父方なるに、これは母宮にいみじう似きこえさせ給へるが、大将にぞあさましう思ひとがめらるること多く見え給ふを、大臣《おとど》はそれしもいとどあはれ深くぞ見給ひける。心知らぬ人は思ひとがめぬにや。

かの太政大臣《おほきおとど》の君もさやうの心地にて、「二月ばかりに当たり給へる」とぞ聞こゆ。父大臣《おとど》、限りなう思し喜びたんなり。

若君をば、殿具しきこえて参らせ給ふ。大将も参り給ふ。限りなううつくしう仕立てられて、院の御車を御迎へに賜はせ給へるに、乗せきこえ給ふほど、うち泣きなどもし給はず。内大臣《うちのおとど》の御涙の続き落つるさまぞ、ゆゆしきまで。

(87) あかざりし形見と見つる鶴の子の巣立つ雲居の名残《なごり》をぞ思ふ

五三　新年、父関白と遺児若君、男主人公を訪問

年も返りぬ。去年《こぞ》は床《とこ》を並べてありしほど、ただ今のように、

*「ふりにける」の歌—「ふり」に「旧り」と「降り」とを掛ける。

*「ほどもなく」の歌—「たち」に「立ち」と「裁ち」とを掛ける。

⑱ふりにける*涙は今日も変はらねど時知り顔に春は来にけり

大将、「朝拝に参らん」と出で立ちて、まづこれへ参り給へり。「御供をのみこそしならひてはべるに、一人《ひとり》はいかにはべらんとすらん。春の光もかひなうこそ」とて、こぼれ落ちぬべき御涙を言忌《こといみ》して、「大臣《おとど》の御供にこそ。とくとく」とのたまふほどに、大臣《おとど》ぞ出で立ち給ひけるままに、まづこれへおはしたる。御帰りのほど、夕方渡り給はん、とこそ思しけるに、覚えなう御心ざしのほど、例の涙こぼれ給ふ。

⑲たち変はる春の気色《けしき》もかひなきは君を隔つる霞なりけり

とて、涙ぐみ給へり。

⑳ほどもなく*霞の衣たち出でて君が光に会はざらめやは

この殿の御倉町《みくらまち》に、なべてならぬ唐の御宝《たからもの》物ども多かるをぞ、御贈り物に奉り給ふ。

五四　按察使大納言による故帥宮の姫君拉致と遺児若君の諦観

まことや、かの帥宮《そちのみや》の君は様々思ひ結ぼほれ給ふけにや、心地もかきくれ、世に長らふべくもなく見え給ひければ、*修学院《しゆがくゐん》といふ寺に籠《こも》り給へりしかば、大将もしばしばとぶらひきこえ給ひしほどに、太政大臣《おほきおとど》の左衛門督《さゑもんのかみ》と聞こえしよ、今は按察使大納言《あぜちのだいなごん》とぞ、正月ついたち過ぎたる頃、かの御堂《みだう》に参り給へりけるに、いかなる御契《ちぎ》りの逃《のが》れざりけるにか、たばかりて盗みきこえ給ひてけり。父親王《みこ》、昔亡《う》せ給ひにき。母君も言ふかひなからぬ人のはなやかなるにて、「なかなかさる方に珍しき宿世《すくせ》もや」と、中宮へは出だし立てきこえたるなりけり。いつしか大将のかかづらひ寄り給へりしをも、同じくは、さは人笑はれならぬさまに、と念じけるに、またかかること出で来たるを、あさましう思ひ嘆けど、これとても口惜しかるべき御人様《ひとざま》か。分く方なき御心ざしならば、仏の御計《はか》らひならん、といつしか思ひ弱りて、女房、童《わらは》など出だし立てて奉り給ふ。みづからは日頃過ぐれど、涙に沈みて思ひ入り給へり。かの「巡り合はん」の御頼めに変はりし身の契りだにこそ、あはあはしうおぼえしかど、異人《ことひと》と言ふべくもあらざりし御気配、有様に思ひつききこえつる心の果てをこそ、我ながら辛《つら》うおぼえしに、その行方《ゆくへ》をさへかけ離れぬることを口惜しう思し嘆

*修学院——京都市左京区。

くに、結び置きける御契り、ここにてあらはれゆくに、大納言も心の中にはあらず思ひながら、限りなき心ざしに任せて、ただ我がことのやうにもてなし給ひけり。

大将は聞き給ひて、ただなるよりはいかにぞや、おぼえ給ひて、内大臣《うちのおとど》に聞こえ給へば、「身に替《か》ふばかりはよも思さじ。かの大納言、ことにふれて心よからず思ひたりしかど、思ひも入れで過ぎにしことなり。知らぬことにもあらじを、さやうに押し立ち振る舞はんを、忍びてこと通はし給はんこと、便《びん》なうおぼゆ」とのたまひける後《のち》は、こそこそと思し絶えにけり。

解説

大倉比呂志

一

『風に紅葉』の写本は宮内庁書陵部にしか現存しない孤本である。その翻刻は、桂宮本叢書（巻十七・物語三　養徳社　一九五六）と鎌倉時代物語集成（第二巻　笠間書院　一九八九）に所収されている。その後の注釈としては、辛島正雄「校注『風に紅葉』」（『文学論輯』第三六・三七号　一九九〇・12、一九九二・3）、関恒延『風に紅葉』（教育出版　一九九九）、中西健治訳注の中世王朝物語集成15所収『風に紅葉』（笠間書院　二〇〇一）があるに過ぎず、いまだ研究途上の作品である。

ところで、中世王朝物語の成立年代推定の手がかりとしてしばしば用いられる『無名草子』や文永八年（一二七一）成立の『風葉和歌集』（以下、『風葉集』と略す）にも、『風に紅葉』の記事がない点からも、それ以降の成立と考えられ、現在のところ、南北朝成立が有力視されているが、具体的な年代を特定するには至っておらず、さらに、作者も未詳である。詳細は中西前掲書の解題［二、成立］の項を参照されたい。

二

『風に紅葉』の冒頭は、

　イ風に紅葉の散る時は、さらでももの悲しきならひと言ひ置けるを、まいてロ老いの涙の袖の時雨は晴れ間なく、苔の下の出で立ちよりほかは、何の営みあるまじき身に、……

と語り出されているが、イは「神無月風に紅葉の散る時はそこはかとなくものぞかなしき」（新古今集・冬・藤原高光）、ロは「神無月振りそふ袖の時雨かなさらでももろき老いの涙に」（続拾遺集・雑秋・静仁法親王）に拠っていると考えられ、いわば冒頭が引歌によって起筆されている。このような例を任意に列挙してみると、

○『狭衣物語』

　少年の春惜しめどもとどまらぬものなりければ、三月も半ば過ぎぬ。御前の木立、何となく青みわたれる中に、A中島の藤は、松にとのみ思ひ顔に咲きかかりて、Bほととぎす待ち顔なり。

A夏にこそ咲きかかりけれ藤の花松にとのみも思ひけるかな　（拾遺集・夏・源重之）

Bわが宿の池の藤波咲きにけり山ほととぎすいつか来鳴かむ　（古今集・夏・よみ人知らず）

わが宿の池の藤波咲きしより山ほととぎす待たぬ日ぞなき　（躬恒集）

○『逢坂越えぬ権中納言』

五月待ちつけたる花橘の香も、昔の人恋しう、秋の夕べにも劣らぬ風に、うち匂ひたるは、をかしうもあはれにも思ひ知らるるを、山ほととぎすも里なれて語らふに、三日月のかげほのかなるは、折から忍びがたくて、……

A五月待つ花橘の香をかげば昔の人の袖の香ぞする（古今集・夏・よみ人知らず）

B足引きの山ほととぎす里なれてたそがれ時に名のりすらしも（拾遺集・雑春・大中臣輔親）

○『風につれなき』

言の葉しげき呉竹の、世々の古言となりぬれば、何のをかしき節とてすぐれたる聞き所なけれど、……

世にふれば言の葉しげき呉竹のうき節ごとに鶯ぞ鳴く（古今集・雑下・よみ人知らず）

○『木幡の時雨』

十市の里の衣打つ槌の音も、朝の露に異ならぬ身、いつまでとか急ぐらんと、いとはかなく聞き臥し給ふ夜な夜なは、……

ふけにけり山の端近く月さえて十市の里に衣打つ声（新古今集・秋下・式子内親王）

が想起され、冒頭には引歌がちりばめられている。これは平安後期物語から中世王朝物語にかけてしばしば見られる傾向であり、『風に紅葉』も、この時期の物語冒頭の表現形態を継承しているのである。

ちなみに、『風に紅葉』に引歌として使用されているものは、『古今集』が圧倒的に多く、ついで『後拾遺集』『新古今集』の順であるが、『古今集』は恋の歌が多く引かれ、『後拾遺集』では春の歌が多く引歌として用いられている。その中でも『風に紅葉』の特色と考えられる一例を示しておくことにする。『古今集』恋一所収の三首

497秋の野の尾花にまじり咲く花の色にや恋ひむ逢ふよしをなみ
498我が園の梅のほつ枝に鶯の音になきぬべき恋をするかな
500夏なれば宿にふすぶる蚊遣火のいつまでわが身下燃えにせむ

は、いずれも「題知らず」で「よみ人知らず」であるが、これらの近接して所収されている歌が、『風に紅葉』巻一・六節「男主人公を思慕する女たち」において、前述の引歌が隣り合わせの状態（498 500 497の順）で引かれている点に注意を払っておく必要があろう。これらの三首は素材的にはともに〈忍ぶ恋〉が語られるのにふさわしいものだったと言えよう。とすれば、『古今集』恋一所収の三首が意識的に用いられていると考えられる。

三

『風に紅葉』と『いはでしのぶ』『恋路ゆかしき大将』との関係を、辛島正雄（『中世王朝物語史論』下巻　笠間書院　二〇〇一）が、『いはでしのぶ』の強い影響のもとに『恋路ゆかしき大将』が成立し、両者の影響を受けて『風に紅葉』が執筆されたと論じているわけだが、成立の問題が絡んでいるために、それを証明していくのは容易なことではなかろう。今後は中世王朝物語間の相互関係に注目し、〈タテの文学史〉ではなく、いわば同時代文学という〈ヨコの文学史〉からの観点で捉えていく必要性があろう。

四

『風に紅葉』では〈同性愛〉が照射されており、それが作品の方法と緊密に連動していると考えられる。その〈同性愛〉を、〈家〉の問題と絡めて照射した神田龍身「『風に紅葉』考―少年愛の陥穽―」（『源氏物語とその前後』に所収　桜楓社　一九八六）と「同性愛」の意味を剔抉した「男色、暴力排除の世代交代―『石清水』『いはでしのぶ』『風に紅葉』―」（『物語文学、その解体』有精堂出版　一九九二）は必読文献と言えよう。それに関しては『中世王朝物語・御伽草子事典』の「研究史・研究展望」（鈴木泰恵執筆）にまとめられている。

確かに、〈同性愛〉で言えば、『石清水物語』との関連が考えられているわけだが、それ以上に『我身にたどる姫君』（以下『我身』と略す）における前斎宮に注目すべきだろう。『我身』の前斎宮は、女房たちとの

〈同性愛〉にも、また〈異性愛〉にも積極的で、登場人物の中で独自性を発揮している。それが男主人公と遺児若君（亡くなった異母兄権中納言の子）との濃密な〈同性愛〉並びに男主人公に対する年上の貴婦人たちからの積極的なアプローチという人物関係に多大な影響を及ぼしたのではないかと推測される。というのは、『我身』の作中和歌が『風葉集』に採られているのに対して、前述したごとく、『風に紅葉』は『風葉集』以降の成立と考えられるからだ。この問題は、従来ほとんど触れられてこなかったので、今後注意を払っていく必要があろう。すなわち、前斎宮のあり方が男主人公と遺児若君との〈同性愛〉や年上の貴婦人たちの男主人公に対する〈女すすみ〉の状況を招来したのではなかろうか。

それと同時に、物語文学の範疇ではないものの、『とはずがたり』との関係は無視できないだろう。両作品の成立の前後関係を確定することはできないが、後深草院の二条と「有明の月」（院の異母弟性助《しょうじょ》法親王説が有力）とに対する〈性〉の管理は、男主人公の北の方一品宮と遺児若君との〈性〉の管理をめぐる共通性——〈性〉の管理者に至る過程——に対する同時代性を考えておく必要があろう。

参考文献一覧

翻刻

『かぜに紅葉』（桂宮本叢書巻十七・物語三）養徳社　一九五六年
『かぜに紅葉』（鎌倉時代物語集成第二巻）笠間書院　一九八九年

注釈

辛島正雄「校注『風に紅葉』」（『文学論輯』36・37　一九九〇年十二月、一九九二年三月）
関恒延『風に紅葉　依拠物語　本文　総索引』教育出版　一九九九年
中西健治校訂・訳注『風に紅葉』（中世王朝物語全集15）笠間書院　二〇〇一年

事典

神田龍身・西沢正史編『中世王朝物語・御伽草子事典』勉誠出版　二〇〇二年

研究書

小木喬『鎌倉時代物語の研究』東宝書房　一九六一年
市古貞次『中世小説とその周辺』東京大学出版会　一九八一年

神田龍身『物語文学、その解体―『源氏物語』「宇治十帖」以降』有精堂　一九九二年
辛島正雄『中世王朝物語史論』下巻　笠間書院　二〇〇一年

研究論文

市古貞次「「かぜに紅葉」について」(『史学文学』一九五九年五月↓『中世小説とその周辺』)
樋口芳麻呂「かぜに紅葉の典拠について」(『愛知大学国文学』一九六六年十二月)
辛島正雄『風に紅葉』物語覚書(一)(二)」(『文献探究』一九八一年六月、十二月↓『中世王朝物語史論』下巻)
安藤亨子「風に紅葉・春日山」(『解釈と鑑賞』一九八一年十一月)
辛島正雄『風に紅葉』物語の完結性について―覚書(三)」(『文献探究』一九八三年三月↓『中世王朝物語史論』下巻)
神田龍身『かぜに紅葉』考―少年愛の陥穽」(今井卓爾博士喜寿記念論集『源氏物語とその前後』桜楓社　一九八六年)
辛島正雄「中世物語史私注―『いはでしのぶ』『恋路ゆかしき大将』『風に紅葉』をめぐって」(『徳島大学教養部紀要(人文・社会)』一九八六年三月↓『中世王朝物語史論』下巻)
神田龍身「風に紅葉物語」(『体系物語文学史』第四巻　有精堂　一九八九年)
岸本いく恵「『風に紅葉』の道行文をめぐって」(『相愛国文』一九八九年三月)

神田龍身「方法としての「男色」―『石清水物語』『いはでしのぶ物語』『風に紅葉物語』」（『日本文学』一九九〇年十二月↓『物語文学、その解体―『源氏物語』「宇治十帖」以降』）
神田龍身「鎌倉物語の構造―系図と物語・序説」（『解釈と鑑賞』一九九一年十月）
北口いく恵「中世物語『風に紅葉』における笑い」（中西智海先生還暦記念論文集『仏教と人間』永田文昌堂　一九九四年）
北口いく恵「『風に紅葉』解釈覚書き（一）」（『相愛大学研究論集』一九九五年三月）
河野千穂「『風に紅葉』冒頭文の独自性」（『熊本県立大学国文研究』一九九五年三月）
河野千穂「物語『風に紅葉』主題論」（『日本文芸学』一九九五年十二月）
河野千穂「『風に紅葉』における『狭衣物語』の影響―対極する男主人公」（『甲南国文』一九九八年三月）
鈴木泰恵「『風に紅葉』と『今鏡』―歴史物語の射程をめぐって」（『歴史物語論集』新典社　二〇〇一年）
大倉比呂志「『風に紅葉』論―男主人公大将を取り巻く人間たち」（『講座平安文学論究』第十六輯　風間書房　二〇〇二年）
鈴木泰恵「『風に紅葉』冒頭の仕掛け―体現から傀儡へ」（『平安文学の風貌』武蔵野書院　二〇〇三年）
竹久康高「『風に紅葉』考」（『プロブレマティーク』二〇〇三年七月）
横溝博「『いはでしのぶ』の「末の松山」引用をめぐる試論―表現史における位相と諧謔性の胚胎について」

（『国文学研究』二〇〇四年六月）
金明珠「鎌倉時代物語に見られる『孝』について」（大谷大学『文芸論叢』二〇〇四年九月）
大倉比呂志『『風に紅葉』と『とはずがたり』の共通基盤―〈性の被管理者〉から〈性の管理者〉へ』（『日記文学研究』第三集　新典社　二〇〇九年）
鈴木泰恵「肥りすぎのオイディプス―『源氏』から『狭衣』そして『風に紅葉』へ」（『平安文学の交響　享受・摂取・翻訳』勉誠出版　二〇一二年）

【系図】

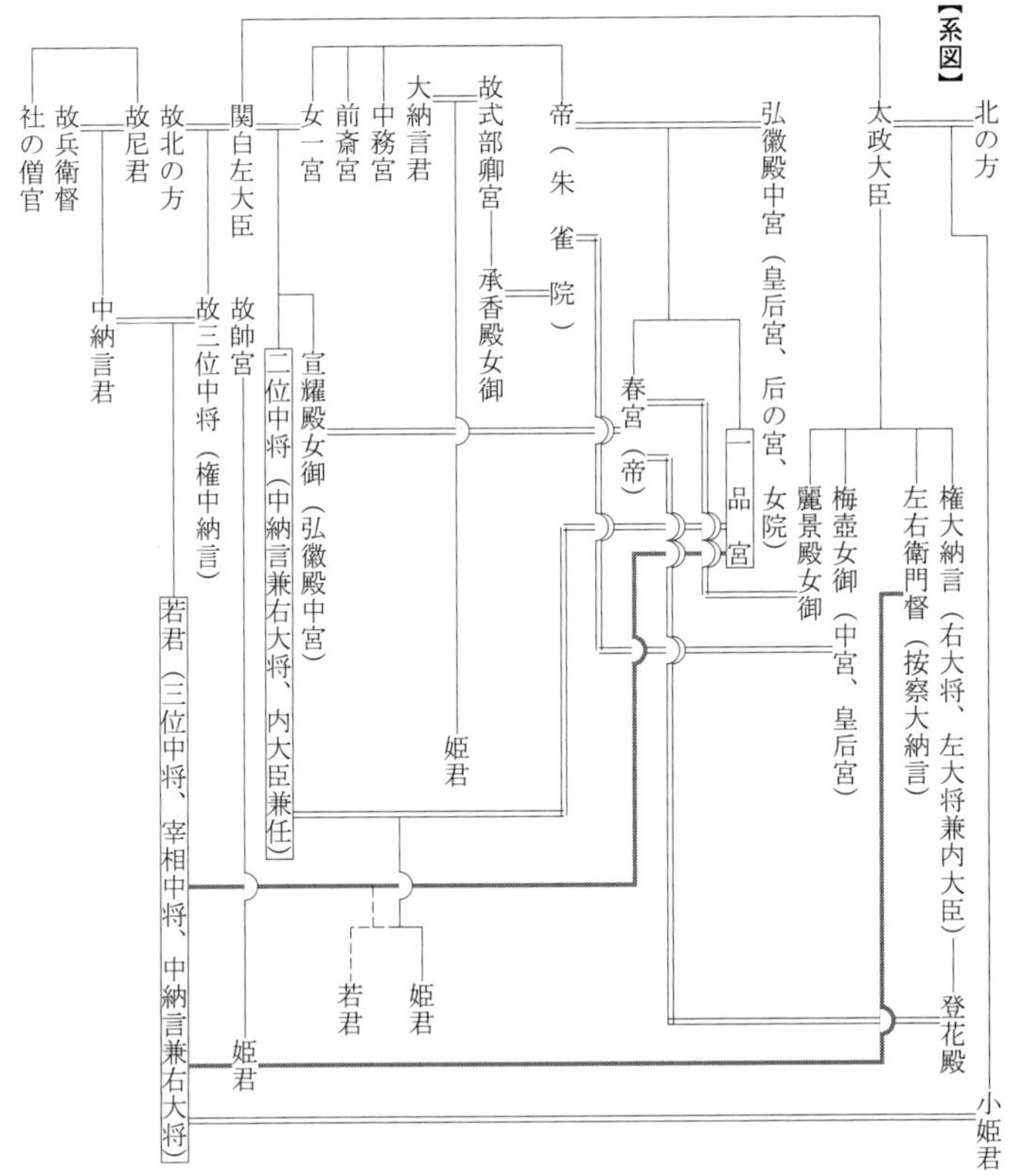

・呼称は原則として初出のもの
・（ ）内はそれ以降の呼称
・＝ 婚姻関係
・▬ 密通関係

枠内は二位中将の密通関係←

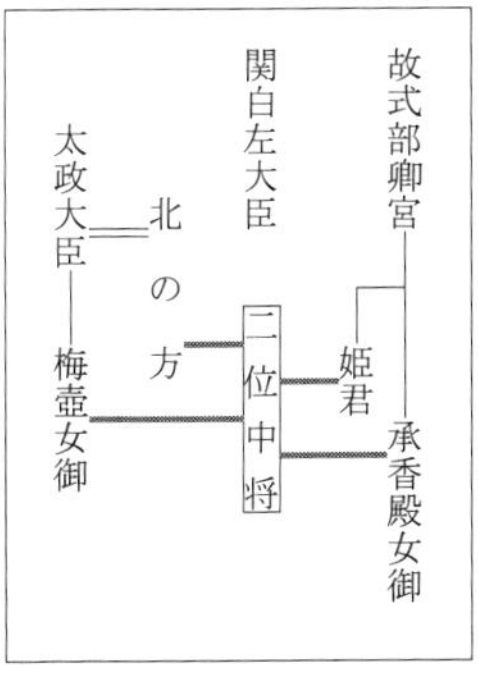

新典社校注叢書12

校注 風に紅葉

平成24年10月31日 初版発行

編 者 大倉比呂志
　　　 鈴木泰恵
発行者 岡元学実
印刷所 恵友印刷㈱
製本所 牧製本印刷㈱

発行所 株式会社 新典社
東京都千代田区神田神保町一—四四—一一
営業部＝〇三（三二三三）八〇五一番
編集部＝〇三（三二三三）八〇五二番
ＦＡＸ＝〇三（三二三三）八〇五三番
振 替 〇〇一七〇—〇—二六九三二番
郵便番号一〇一—〇〇五一番

ISBN978-4-7879-0812-4 C3395

http://www.shintensha.co.jp / E-Mail:info@shintensha.co.jp